AF282495

Der Stein der letzten Entscheidung

Buchbeschreibung:

England, zu Beginn des 20. Jahrhunderts: Seit ihrer Kindheit verbindet Oscar und Emily eine innige und ganz besondere Freundschaft – bis Emilys Vater nach Britisch-Indien versetzt wird und die beiden sich voneinander verabschieden müssen. Oscar ist am Boden zerstört, und als das Schicksal noch erbarmungsloser zuschlägt, glaubt er Emily für immer verloren.

Jahre später – Oscar ist inzwischen Professor an der renommierten Universität von Cambridge – gibt es plötzlich Grund zur Hoffnung, und Oscar setzt alles daran, seine tiefe Freundschaft zu Emily wieder aufleben zu lassen. Er begibt sich auf eine abenteuerliche Expedition, die sein Leben für immer verändern wird.

Über den Autor:

Björn Knobloch, 1983 in einer Kleinstadt in Niedersachsen geboren, begeistert sich seit jeher für das Unbekannte und beginnt bereits mit acht Jahren, sich für die geheimnisumwobenen Dinge zwischen Himmel und Erde – und darüber hinaus – zu interessieren. Mit reichlich Fantasie und Einfühlungsvermögen gesegnet, erzählt er seinen Leserinnen und Lesern spannende, vom Leben inspirierte Geschichten, die durch Realismus, Schonungslosigkeit und Einfallsreichtum überzeugen.

BJÖRN KNOBLOCH

DER STEIN
DER LETZTEN
ENTSCHEIDUNG

ROMANTIK-THRILLER

Das Werk, einschließlich seiner Teile, ist urheberrechtlich geschützt.
Jede Verwertung ist ohne Zustimmung des Autors unzulässig. Dies
gilt insbesondere für die elektronische oder sonstige Vervielfältigung,
Übersetzung, Verbreitung und öffentliche Zugänglichmachung.

Bibliografische Information der Deutschen Nationalbibliothek:
Die Deutsche Nationalbibliothek verzeichnet diese Publikation
in der Deutschen Nationalbibliografie; detaillierte bibliografische
Daten sind im Internet über dnb.dnb.de abrufbar.

1. Auflage 2023
© 2023 by Björn Knobloch
www.bjoern-knobloch-books.de

Covergestaltung, Satz, Herstellung und Verlag:
BoD – Books on Demand GmbH, Norderstedt

ISBN: 978-3-7578-3127-1
Dieses Buch ist auch als eBook erhältlich

Dieses Buch widme ich der Freundschaft.
Mögen mehr Menschen ihren Wert erkennen.

INHALT

DER ANFANG

Pünktlich um sechs Uhr klingelte der etwas in die Jahre gekommene Offizierswecker meiner Frau Wendy und riss mich mit einem ohrenbetäubenden, blechernen Lärm unsanft aus meinen Träumen. Dennoch gelang es mir kaum, die Augen zu öffnen, und als sich meine geliebte Gattin wenige Augenblicke später auch noch zu mir umdrehte, sanft meinen Rücken streichelte und sinnlich meinen Nacken küsste, fiel es mir umso schwerer, unser wohlig warmes Ehebett zu verlassen.

Ich war offenbar ein Nachtmensch, denn ich quälte mich an jedem gottverdammten Tag noch vor dem ersten Hahnenschrei aus dem Bett. Doch an jenem Morgen gab es einen weiteren Grund, warum ich nicht aus den Federn kam: Am Vorabend hatte ich eine seit langer Zeit geplante Jubiläumsveranstaltung des örtlichen astronomischen Vereins besucht. Unser Präsident, Joseph Reynolds, gehörte der Organisation inzwischen seit vierzig Jahren an und hatte sich ein feudales Fest gewünscht.

Für mich war diese Vereinigung wie ein zweites Zuhause. Bereits als kleiner Junge war ich über die Maßen wissbegierig und wollte alles verstehen, was um mich herum passierte. Besonders die unendlichen Weiten des Universums mit seinen Abermilliarden von Sternen hatten es mir angetan, und ich träumte beinahe täglich von fernen Galaxien und fremden Welten, die der unseren ähnelten. Diese Sehnsucht hatte mich nie losgelassen und die Erforschung der Natur bestimmte auch als Erwachsener noch mein Leben.

Ein Grund dafür war ein sehr prägendes Erlebnis, das mich zutiefst traumatisiert hatte. An einem sonnigen Tag im Hochsommer, ich war ungefähr elf Jahre alt und spielte im Garten meiner Eltern, fand ich im Gras unter einem Baum ein Vogelei. Es war ungefähr halb so groß wie ein Hühnerei und musste aus einem Nest gefallen sein. Mich packte die Neugier und ich hob das Ei auf. Obwohl es äußerlich nicht beschädigt war, legte ich es nicht wieder zurück in das Gras. Wie sah es eigentlich in diesem Ei aus? Diese Frage interessierte mich brennend und ich wollte eine Antwort darauf finden. Bereits als Junge wurde ich von einem sehr starken Wissensdrang angetrieben, der mich letztendlich dazu veranlasste, etwas zu tun, was ich mein gesamtes zukünftiges Leben bereuen sollte.

Ich legte das Ei kurzerhand auf den Boden, nahm einen Stein und schlug vorsichtig darauf, bis es zerbrach. Zum Vorschein kam ein kleines, nacktes Vogelküken, das noch lebte. Die erhoffte Befriedigung meines Wissensdurstes stellte sich jedoch nicht ein. Stattdessen war ich schockiert und empfand eine quälende Reue. Was hatte ich getan? Zu jung und unerfahren war ich, um die Konsequenzen meines Handelns abschätzen zu können. Als ich das Ei aufbrach, hatte ich nicht darüber nachgedacht, was passieren würde. Mit diesem lebenden Geschöpf konfrontiert zu werden, hatte ich nicht erwartet und es dauerte nicht lange, bis sich mein Gewissen meldete. Mir wurde speiübel und ich musste mich übergeben. Doch ich hatte nicht den Mut, dieses kleine Wesen von seinen Qualen zu erlösen, und so begrub ich es lebendig, aber sorgsam zusammen mit den Bruchstücken der Eierschale.

Niemandem erzählte ich von dieser grausamen Sache, beschloss aber, dass dieses arme kleine Vögelchen nicht umsonst gestorben sein sollte. Wenn ich groß wäre, würde ich die Natur erforschen und dadurch Gutes bewirken. Diesen Schwur leistete ich in Gegenwart des sterbenden Kükens. Niemals hätte ich dieses Versprechen brechen können, zu groß war meine Achtung vor anderen Lebewesen und so wurde ich Naturwissenschaftler.

Diese Kindheitserfahrung bildete dabei die Richtschnur für mein gesamtes späteres Leben, denn bereits als ich auf das College ging, meinte meine Mama (ohne meinen wichtigsten Beweggrund dafür zu kennen) schon früh gespürt zu haben, dass mir eine Karriere als Naturwissenschaftler vorbestimmt war.

»Du wirst einmal völlig aus der Art schlagen, mein Junge«, hatte sie gemeint, denn sie war nur eine einfache Waschfrau gewesen. Und mein alter Herr, der die Schule bereits früh abgebrochen hatte, hatte in einer Tabakfabrik malocht.

Der Abend mit den Hobbyastronomen war jedenfalls ausgelassen und vergnüglich gewesen und es waren weder Kosten noch Mühen gescheut worden. Es gab leckeres Essen, vorzüglichen französischen Rotwein aus dem Weinbaugebiet Bordeaux und fruchtige Obstbrände aus der Normandie. Ein echter Wohlgenuss! Da ich Joseph bereits seit vielen Jahren kannte und wir ein ausgesprochen gutes Verhältnis zueinander pflegten, hielt ich es für meine

Pflicht, die Party nicht als Erster zu verlassen. Außerdem gab es am grandiosen Büfett so viele Leckereien für mich zu entdecken. Was nicht gerade zu meinem Vorteil war, denn mit einer Körpergröße von einem Meter zweiundachtzig war ich zwar ein relativ großer Mann, hatte aber dennoch einige Pfunde zu viel auf den Rippen.

An diesem Abend wollte ich es jedoch nicht ganz so eng sehen: Nach zwei Flaschen Rotwein und zahlreichen Besuchen am Büfett war ich pappsatt und voll wie eine Haubitze. Höchste Zeit also, die Festivität zu verlassen und den Heimweg anzutreten. Letztlich kam ich mitten in der Nacht zu Hause an und sehnte mir den Schlaf herbei, doch meine schönere Hälfte mochte es überhaupt nicht, wenn ich so spät nach Hause kam, also versuchte ich, den Hausdrachen nicht zu wecken. Ich bemühte mich, lautes Gepolter zu vermeiden, und schlich auf meinen von Arthrose geplagten Zehenspitzen umher. Unsere Haustür öffnete ich beinahe geräuschlos und trotz des etwas ausschweifenden Alkoholkonsums schaffte ich es zu meiner großen Verwunderung, mich zu entkleiden und mir die Zähne zu putzen. Dann schlüpfte ich rücksichtsvoll ins Bett zu meiner Ehefrau und versuchte einzuschlafen. Aber das war gar nicht so einfach, denn alles drehte sich, als ich die Augen schloss. In der Nacht schlief ich unruhig und bereute bereits beim Einschlafen, dass ich so viel Gefallen an dem deliziösen Rotwein gefunden hatte, denn für gewöhnlich trank ich keinen Alkohol.

Nachdem ich am Morgen von meiner Frau klar und unmissverständlich an die mir auferlegten Berufspflichten erinnert worden war und sie mich in flehendem Tonfall aufgefordert hatte, das Bett zu verlassen, sprang ich lustlos aus der Koje und machte mich im Bad stadtfein. Ich war spät dran und für ein Frühstück blieb keine Zeit. Nach einer zackigen, aber gleichwohl gründlichen Rasur frisierte ich die mir von Gott geschenkte Haarpracht – wenn man meine dunkelblonde und strohige Mähne überhaupt so nennen durfte –, putzte mir die Zähne und legte die übliche Berufskleidung an, die in aller Regel aus einem schlichten, dreiteiligen braunen oder grauen Anzug aus Tweed mit Fischgrätmuster bestand. Ergänzt wurde die von mir bevorzugte Garderobe durch meine geliebte Schiebermütze, eine goldene Taschenuhr und zweifarbige Derby-Kalbslederschuhe. Nachdem ich mich mit einem saftigen Schmatzer von Wendy verabschiedet hatte, machte ich mich mit knurrendem Magen und hundemüde auf den Weg zur Arbeit.

Es war ein kalter, windiger und verregneter Herbstmorgen in der wohl berühmtesten englischen Universitätsstadt inmitten der Grafschaft Cambridgeshire und wie an jedem anderen Arbeitstag auch, lief ich die Chesterton Lane in südlicher Richtung entlang, um meinen täglichen Arbeitsweg zur Universität schnellstmöglich hinter mich zu bringen.

Meine Schritte hallten auf dem Kopfsteinpflaster wider, eiskalter Wind fraß sich in mein Gesicht und spielende Kinder rannten schreiend über die Straße. Rhythmische Klänge stimmungsvoller Jazz-Musik schallten aus dem La chambre, einem hoch angesehenen Tanzlokal, das sich auf der anderen Straßenseite befand. Es war immerzu voll, die mächtigsten Bonzen der Stadt gingen dort ein und aus. Einen Tisch in dem Lokal zu bekommen war für gewöhnliche Menschen nicht möglich. Nur wer es auf die

Gästeliste schaffte, kam hinein. Man war gern unter sich, und die Oberschicht begoss dort ihre moralisch fragwürdigen Erfolge mit exquisiten Cocktails aus den Händen der besten Barkeeper, die England zu bieten hatte. Unterdessen priesen Straßenhändler an der nächsten Straßenecke lautstark ihre Waren an und aufdringliche Zeitungsverkäufer hofften durch das Ausrufen der aktuellen Schlagzeilen auf den Verkauf von möglichst vielen Revolverblättern. Doch die Nachrichten wollte kaum noch jemand lesen oder hören, denn das Vereinigte Königreich hatte vor Kurzem den Goldstandard verlassen und litt zudem unter den Auswirkungen der unnachgiebigen Weltwirtschaftskrise.

Armut und Hunger bestimmten den Alltag der Bevölkerung und in einigen Stadtteilen gab es so wenig zu essen, dass sogar die Ratten auf den Straßen verhungerten. Die Kinder meiner Schwester bekamen so gut wie jeden Tag nur Gemüse- oder Milchsuppe vorgesetzt. Das war nicht viel, deshalb unterstützte ich sie zwei- bis dreimal im Monat mit frischem geräuchertem Speck, gesalzenem Hering, Honig und etwas Käse. Weggeworfen wurde in diesem Haushalt nichts, und wenn es einmal ofenwarmes Brot gab, dann ließen die Kinder garantiert keinen Krümel zu Boden fallen. An nahrhaftes und durchwachsenes Fleisch war jedoch kaum heranzukommen. Es waren finstere Zeiten. Dennoch herrschte ein buntes Treiben in der Großstadt und zu meinem großen Leidwesen wurde diese urbane Straßenromantik an diesem Tag wieder einmal durch beispiellosen Lärm zerstört. Röhrende und knatternde Motorengeräusche waren mittlerweile allgegenwärtig, weil man die Pferdedroschken unserer Stadt fast vollständig durch diese motorisierten Ungeheuer, welche

14

von der Hautevolee »Automobile« genannt wurden, ersetzt hatte.

In Amerika waren bereits einige Millionen Exemplare dieser Blechdrachen verkauft worden. Eine ähnliche Entwicklung bahnte sich auch im Königreich an. Diese motorisierten Fuhrwerke verdreckten die Umwelt und mich erzürnte dieser sogenannte »Fortschritt« sehr. Warum wurden altbewährte Transportmittel abgeschafft? Was war falsch an Pferden? Sie waren kostengünstig, robust und ausreichend schnell. Außerdem verschmutzten sie die Luft nicht. Die bereits vorhandene Luftverschmutzung in der Stadt machte nämlich auch an diesem Tag jeden meiner Schritte zur Qual. Es roch überall nach Braunkohlenteer, Fischabfällen und Fäkalien. Es war ekelerregend. Dicke, stinkende Luft quoll aus den unzähligen Industrieschornsteinen der Stadt und kroch selbst in die kleinste Gasse. Es kam mir vor, wie ein pyroklastischer Strom aus Ruß und Schwefel, der bestrebt war, alles Leben unter sich zu begraben. Meine Lunge brannte fürchterlich, denn die Schmutzpartikel in der Luft hatten sich in grober Weise an meinen Bronchien zu schaffen gemacht, so wie ein Bimsstein immer die dicke Hornhaut an den Füßen meines Großvaters abgerieben hatte, und jedes Mal, wenn die Luft wieder einmal meine Atemwege reizte, träumte ich davon, ebenfalls irgendwann einmal zu den feinen englischen Herrschaften zu gehören. Dann käme meine Nase häufiger in den Genuss von betörendem Tabakrauch, erlesenen Zigarren, würzigem Kaffeeduft und dem Bouquet exotischer Parfüms.

Auch an diesem Morgen war ich tief in Gedanken versunken und spielte geistesabwesend an einem gravierten, kleinen münzähnlichen Metallstück herum, das sich in meiner linken Hosentasche befand. Dieser unscheinbare Gegenstand bedeutete mir seit meiner Kindheit sehr viel und ich trug ihn immer bei mir.

Bis zum Beginn der ersten Vorlesung hatte ich nur noch zehn Minuten Zeit. Das war kaum zu schaffen und ich wollte die Studenten nicht warten lassen. In Windeseile berechnete ich die nötige Geschwindigkeit, die ich konstant halten müsste, um doch noch rechtzeitig anzukommen. Obwohl ich kein Mathematikgenie war, wurde mir schnell klar, dass ich kaum eine Chance auf eine pünktliche Ankunft hatte, wenn ich nicht flotter laufen oder etwas an der Wegstrecke einsparen würde, also nahm ich Abkürzungen durch Seitengassen, um den Differenzenquotienten, also die mittlere Geschwindigkeit, zu meinen Gunsten zu beeinflussen. Doch es reichte nicht aus. Die Zeit arbeitete erbarmungslos und unaufhaltsam gegen mich, genauso wie das Mahlwerk einer Getreidemühle. Sie ließ sich nicht überlisten – oder etwa doch?

Dazu stellte ich mir vor, wie es wäre, wenn alles um mich herum mit halber Geschwindigkeit ablaufen würde, ich jedoch mit unverändertem Tempo weiterlaufen könnte. Das war ein faszinierender Gedanke! Auf diese Art hätte ich faktisch durch die Zeit in die Zukunft reisen können. Eine solche Zeitdilatation war ein Effekt, der mich schon seit meiner Jugend faszinierte. Unzählige Gedankenexperimente zu diesem Thema ließen die Überzeugung in mir reifen, dass so etwas möglich wäre, denn was man sich vorstellen konnte, das vermochte auch zu existieren. Das hatte zumindest mein letzter Physiklehrer am College in Leicester gesagt.

Der nächste Blick auf meine Taschenuhr holte mich aber geradewegs zurück in die Realität. Es spielte keine Rolle, durch welche Zahlen ich die Variablen in meiner Formel ersetzte, ich musste auf jeden Fall laufen, so viel stand fest. Daher beschleunigte ich meine Schritte und versuchte mein Möglichstes, um pünktlich im Hörsaal zu sein. Doch als ich dachte, dass es nicht mehr schlimmer kommen könnte, trat ich mit dem linken Fuß in eine knöcheltiefe Pfütze. Der Schlamm spritzte. Meine Schuhe und beinahe die gesamte braune Tweedhose waren voller grauer Flecken und ausgerechnet heute trug ich meine neuen, handgefertigten und sündhaft teuren zweifarbigen Oxford-Leder-Schuhe, die ich erst am Vortag beim Schuster abgeholt hatte. Dieser Moment war so schrecklich, dass ich einige Zeit benötigte, um mich für eine angemessene Reaktion zu entscheiden. Also betrachtete ich zunächst nur das Dilemma und brachte kein Wort heraus, hin- und hergerissen zwischen Wutanfall und Nervenzusammenbruch. Da ich jedoch nicht zu unkontrollierten Gefühlsausbrüchen neigte, schluckte ich den Frust hinunter und ärgerte mich den ganzen restlichen Tag.

Für normale Menschen wäre es nebenbei bemerkt keine große Sache gewesen, sich die Hose zu beschmutzen, doch für mich war die Situation kaum auszuhalten. Abgesehen davon, dass ich nicht nur ein kleiner Exzentriker, sondern auch ein ausgewachsener Pedant war, war mein Verhalten überwiegend von Ungeduld und Zwanghaftigkeit geprägt.

Seit der Kindheit litt ich unter einem ausgeprägten Kontrollzwang, der meinen Alltag bestimmte und mich fest im Griff hatte. So war es mir beispielsweise unmöglich, eine Tür einfach nur zu schließen, nein, mein Gehirn drängte mich dazu, dies mehrfach zu kontrollieren, bis ich zu der definitiven Überzeugung gelangte, dass die Tür ordnungsgemäß verschlossen war. Wenn es besonders schlimm war, bin ich sogar zu meiner Wohnung zurückgekehrt, um zu überprüfen, ob die Tür von mir akkurat verschlossen worden war. Hätte ich das nicht getan, hätte ich den ganzen Tag an meiner Zuverlässigkeit gezweifelt.

Meine Schuhe schnürte ich zwei- bis dreimal zu, bis ich das Gefühl hatte, dass sie wirklich richtig geschnürt waren und fest genug saßen.

Wenn ich an Veranstaltungen teilnahm, ganz egal, ob es sich dabei um eine Geburtstagsfeier im privaten Umfeld oder um eine Vorlesung an der Universität handelte, war es immer mein Bestreben, einen Plan zu entwickeln, um die Situation ohne Gesichtsverlust zu meistern.

Ich konnte einfach nicht anders. Etwas dem Zufall überlassen oder in aller Selbstverständlichkeit improvisieren? Das war für mich keine Option. Allein die Vorstellung, die Kontrolle zu verlieren und auf etwas nicht vorbereitet zu sein, machte mir schreckliche Angst.

Der letzte Geburtstag meiner Tante Scarlett war ein Paradebeispiel für die – wohlwollend formuliert – »Einschränkungen« meines Geistes. Vor dem Besuch bei meiner Tante brachte ich genau in Erfahrung, welche Gäste eingeladen waren, und bereitete mich auf die Begegnungen mit diesen Herrschaften vor. Welche Fragen könnte man mir stellen? Wer würde in welchem Moment und wie versuchen, mit mir zu interagieren? Wie standen die Personen zueinander und wie waren ihre politischen Ansichten? Über welche Themen könnte man sprechen, ohne sich in Gefahr zu begeben? Wann musste ich welche

Person begrüßen und wie würde ich unangenehmen Situationen aus dem Weg gehen können?

Großvater Archie war ein solcher Fall: Aus irgendeinem Grund mochte er mich ganz besonders gern und ging mir bei jedem Familientreffen mit seinem ständigen inhaltsarmen Gequassel auf die Nerven. Leider kam erschwerend hinzu, dass Opa Archie mit seinen 92 Jahren unter unappetitlichem Mundgeruch litt. Meine Mama meinte dazu, dass er nie beim Zahnarzt gewesen war, weil er sich das als Tagelöhner nicht hatte leisten können und seine Vorliebe für Knoblauch und Kautabak verschärfte das Problem nur umso mehr. Doch der faulige Atem war nicht die einzige Herausforderung: Immer wenn er mich anlächelte und seine durch Karies zerstörten schwarzbraunen Zähne (oder was davon noch übrig war) entblößte, drehte sich mir der Magen um, und ich musste all meine geistigen Kräfte zusammennehmen, um den Würgereiz zu unterdrücken. Für den souveränen Umgang mit solchen Situationen hatte ich aber bereits ein Standardverfahren entwickelt: Um mich nicht übergeben zu müssen, hielt ich unbemerkt die Luft an, wenn er sprach, und drehte den Kopf zum Einatmen in die entgegengesetzte Richtung, so als ob ich jemanden suchen würde. Nach dem Austausch einiger Höflichkeitsfloskeln entschuldigte ich mich und gab vor, auf die Toilette zu müssen.

Meine Devise lautet stets: nur nicht unangenehm auffallen und neutral bleiben. Positionierungen zu einem Thema erfolgen nur, wenn ich nicht ausweichen oder ablenken kann. *Viel sprechen, aber wenig sagen* ist eine meiner wichtigsten Überlebensstrategien für soziale Zusammenkünfte.

Leider ist mein Verhalten oftmals von einer Doppelmoral geprägt: Ich schätze es nämlich nicht, wenn jemand offen kommuniziert, dass er mich nicht leiden kann. Ich möchte von allen gemocht werden, obwohl ich selbst nur sehr wenige Menschen sympathisch finde. Oft ist es daher notwendig, mich zu verbiegen. Stolz bin ich auf dieses Verhalten nicht, aber so bin ich nun einmal.

Mein Name ist Oscar Brown und ich bin Professor für Altamerikanistik, Anthropologie und Philosophie. Seit vielen Jahren untersuche ich mit großer Leidenschaft archäologische Stätten in Mesoamerika und dies ist die Geschichte einer einzigartigen Freundschaft zwischen mir und einer ganz besonderen Frau namens Emily Smith.

Die aufregende Geschichte von Emily und mir begann früh, denn in unserer Kindheit wohnten wir Haus an Haus, nicht weit von der High Street entfernt. Wir waren beste Freunde und spielten fast jeden Tag zusammen. Doch unsere Freundschaft wurde schon bald auf eine harte Probe gestellt, denn Emilys Familie musste plötzlich und unerwartet nach Britisch-Indien umziehen. Ihr Vater arbeitete für das Londoner Parlament und wurde außerplanmäßig abkommandiert, um den Gouverneur im Kolonialreich zu ersetzen, der bei einem Ausflug in der Nähe von Jhansi von einem Tiger angegriffen und tödlich verletzt worden war.

Emilys Familie musste unverzüglich das Land verlassen und Emily und mir blieb kaum noch Zeit für eine angemessene Verabschiedung. Der erste Zug nach Dover fuhr bereits am Morgen des darauffolgenden Tages, noch vor dem Erscheinen der Morgenröte, vom Bahnhof in

Cambridge ab. Eine spätere Abreise war nicht möglich, da sie das Schiff, das im Hafen von Dover festgemacht hatte, unbedingt noch rechtzeitig vor dem Auslaufen erreichen mussten.

Daher schlich ich mich an diesem Morgen ganz früh aus dem Haus und rannte so schnell wie eine kleine mongolische Rennmaus zum Bahnhof, um mich von Emily zu verabschieden. Doch als ich am Bahnsteig ankam, musste ich feststellen, dass dort alles voller Menschen war. Ich sah mich um, konnte aber nichts sehen, weil ich noch so klein war. Die Erwachsenen um mich herum überragten mich um mindestens dreißig Zentimeter, und als ich das entfernte Pfeifen der Lokomotive hörte, bekam ich Panik. Das musste der Zug sein, der schon bald eintreffen würde. Wo war Emily? Ich konnte sie nicht finden und spürte, wie eine aus grenzenloser Verzweiflung geborene, unbändige Wut in mir aufstieg, die jedoch schon bald durch ein unermessliches Gefühl der Enttäuschung in den Hintergrund gedrängt wurde.

Doch ich war schon immer blitzgescheit und wollte mir etwas einfallen lassen. Emily ohne Verabschiedung gehen zu lassen, kam nicht in Frage! Als ich mich konzentriert umsah und nach einer Lösung suchte, fiel mir eine Laterne auf dem Bahnsteig auf. Das ist es, dachte ich mir und kletterte sofort den Mast hinauf. Von dort oben konnte ich den gesamten Bahnsteig überblicken, und es dauerte nicht lange, bis ich Emily und ihre Familie ungefähr einhundert Meter von mir entfernt ausmachen konnte. Sofort rutschte ich die Laterne hinunter und rannte los. Ich drängte mich durch die Menschenmenge hindurch und erreichte bald darauf Emily und ihre Familie.

Emily sah mich bereits, als ich die älteren Herrschaften, die neben ihr standen, beiseiteschob und mich zwischen ihnen hindurchquetschte. Als wir beide voreinanderstanden, nahm ich ihre Hände und wir hüpften und kreischten vor Freude. Doch die Vergnüglichkeit währte nur kurz, denn in diesem Moment fuhr der Zug ein (ich verfluchte diesen Zug) und die Leute auf dem Bahnsteig bereiteten sich auf den Einstieg vor.

Plötzlich herrschten große Aufregung und Chaos am Gleis. Die Passagiere der ersten Klasse drängelten sich an den anderen Fahrgästen vorbei, und jeder wollte zuerst in den Zug gelangen, um einen Sitzplatz zu ergattern und nicht stehen zu müssen. Als sich die Menschenschar etwas verflüchtigte, konnte endlich auch Emilys Familie einsteigen. Doch Emily wollte nicht fortgehen und hatte die Rufe ihres Vaters zu ignorieren versucht, der sie wenige Augenblicke später grob am Oberarm packte und gewaltsam aus meinen kleinen Händen riss. Als meine Freundin, schreiend und weinend, in diesen verdammten Zug gezerrt wurde, fühlte ich mich, als ob man Emily vor meinen Augen entführt hätte. Doch ich konnte nichts dagegen tun und war vor lauter Angst wie gelähmt. Ich war ein kleiner Junge, was hätte ich schon tun können? Ihre Eltern hatten das erste Abteil reserviert, direkt hinter dem Einstieg in Waggon Nummer acht und zu unserem Glück befand es sich auf der Seite des Bahnsteigs, so konnten wir uns durch das große Fenster sehen.

Wenig später fuhr der Zug los. Ich winkte Emily so kräftig zu, wie ich konnte, und als ich ihr etwas verlegen einen Luftkuss zuwarf, was ich noch nie zuvor bei einem Mädchen getan hatte, fing sie plötzlich an zu weinen.

Nur einen Atemzug später, wischte sie sich mit der Spitze ihres rechten Zeigefingers eine Träne von der Wange und malte damit ein großes Herz in die Luft. Diese Geste berührte mich so sehr, dass auch ich die Tränen nicht länger zurückhalten konnte.

Der Zug nahm an Fahrt auf, und ich lief, so schnell ich konnte, um auf der Höhe von Emilys Abteilfenster zu bleiben, doch es kam der Moment, an dem der Zug zu schnell wurde und ich nicht mehr mithalten konnte. Am Ende des Bahnsteigs hielt ich völlig entkräftet an und winkte dem Zug hinterher. Emily wurde immer kleiner, und es dauerte nicht lange, bis ich sie nicht mehr sehen konnte.

Da erst begriff ich, dass meine beste Freundin fort war und ich sie nach Lage der Dinge so bald nicht wiedersehen würde. Mein Herz brach wie die Erdkruste bei einem schweren Beben.

Niedergeschlagen und frustriert schleppte ich mich nach Hause und fühlte mich wie angeschmiert. Mir war schwer ums Herz und ich hatte zu nichts mehr Lust. Ich spürte unvermittelt, wie das Leben seinen Sinn verlor, zumindest für mich. In meinem Kopf herrschte nur noch eine große Leere, und ich konnte mir nur schwer vorstellen, dass ich jemals wieder auch nur das geringste bisschen Lebensfreude verspüren könnte.

Als ich zu Hause ankam, erzählte ich meiner Mutter, was sich zugetragen hatte. Sie nahm mich in den Arm und erklärte mir, dass Amtszeiten im Ausland üblicherweise auf vier Jahre begrenzt seien und die Familien dann wieder nach England zurückkehren würden. Das war immerhin ein kleiner Lichtblick, aber vier Jahre ohne Emily würden sicherlich nicht leicht werden.

Doch mir kam auch ein Gedanke, der einen Teil meiner Lebensenergie zurückbrachte: Aus der Situation heraus hatte ich Emily einen Luftkuss zugeworfen und keine Ahnung, warum das passiert war.

»Dein verwahrloster Großonkel Archie war viel länger als vier Jahre im Zuchthaus und hatte danach auch noch ein Leben. Die Zeit verfliegt schneller, als man denkt«, sagte meine Mutter, um mich zu beruhigen.

Ich wollte also diese vier Jahre, was immerhin weniger war als die Anzahl der Finger an einer Hand, abwarten und plante gedanklich bereits die Willkommensfeier für Emilys Rückkehr. Doch dazu kam es nicht mehr.

Im Herbst 1898 – ich war gerade neun Jahre alt geworden – baute ich die Holzeisenbahn auf, die ich von meinem Onkel Freddy zum Wiegenfest geschenkt bekommen hatte. Die Eisenbahn gefiel mir, weil sie gewissenhaft in Handarbeit hergestellt und farbenprächtig lackiert worden war. Außerdem waren die Holzreifen der Lokomotive sehr leichtgängig, sodass die Lok mit genügend Schwung sogar weite Strecken fuhr. Damit zu spielen machte unglaublichen Spaß, und ich war bereits in den zweckmäßigen Schienenausbau vertieft, als aus heiterem Himmel jemand wie wild an unsere Haustür klopfte. Urplötzlich aus meiner Konzentration gerissen, hörte ich, wie meine Mutter schnellen Schrittes zur Tür lief und diese mit Leibeskräften aufriss. Natürlich war ich als kleiner Junge neugierig, lugte aus dem Zimmer hinaus und lauschte, um zu erfahren, was da vor sich ging. Bei der Besucherin handelte es sich um Emilys Tante, was ich an ihrer Stimme erkannte. Das war insofern ungewöhnlich, als sie meine Eltern nie besuchte. Instinktiv spürte ich, dass etwas nicht stimmte.

Mama bat sie hinein und die beiden führten eine aufgeregte Unterhaltung. Ich versteckte mich währenddessen auf der Empore und spitzte die Ohren, um die Erwachsenen besser belauschen zu können, da sah ich, wie Emilys Tante bitterlich zu weinen begann.

Es muss etwas Furchtbares passiert sein, dachte ich mir und hielt den Atem an, um besser hören zu können. Sie erzählte meiner Mutter, dass die Sophia-Grace, das Schiff, das Emily und ihre Familie nach Britisch-Indien bringen sollte, kurz vor dem Ziel in einen heftigen Sturm geraten und bei rauer See im Arabischen Meer gesunken war. Nach Aussage der Navy waren nur Wrackteile, aber keine Überlebenden gefunden worden.

Emily war tot? Diese Nachricht traf mich mit der apokalyptischen und gnadenlosen Gewalt eines riesigen Asteroiden, der beim Einschlag große Teile des Erdmantels in Stücke sprengte, alles Leben in einer verheerenden Feuersbrunst vernichtete und nichts zurückließ außer Asche und Dunkelheit. Meine Gedanken standen für einige Sekunden still. Dann begriff ich langsam, welche Bedeutung die Worte, die aus dem Mund von Emilys Tante kamen, für mich haben würden, und ich begann zu weinen. Ich krümmte mich vor seelischem Schmerz, meine Kehle war wie zugeschnürt und ich bekam kaum Luft. Das Atmen fiel mir schwer, beinahe so, als ob ein tonnenschwerer Felsbrocken auf meinem Brustkorb lastete, und ich schluchzte. Von panischem Schrecken gepackt, schrie ich auf einmal so laut los, dass es nicht lange dauerte, bis meine Mutter mich auf der Empore entdeckte und zügig nach oben eilte. Als sie vor mir stand, realisierte sie, dass ich offenbar alles mit angehört hatte. Sie sah, wie geschockt und verzweifelt ich ob dieses schweren Schicksalsschlags war.

Sofort kniete sie sich auf den Boden und streichelte mir liebevoll den Kopf. Eigentlich wollte ich von ihr in den Arm genommen werden, doch ich zitterte so stark, dass es mir nicht möglich war, einen vollständigen Satz herauszubringen, um sie darum zu bitten. Ich probierte es mehrfach – es funktionierte nicht. Doch offenbar spürte sie, was ich in diesem Moment brauchte, nahm mich in den Arm und versuchte, mich zu trösten. Ihre Wärme und Nähe hatten eine beruhigende Wirkung auf mich und sofort fühlte ich mich besser. Aber ihre Streicheleinheiten vermochten nicht den vernichtenden Schmerz zu lindern, der sich erbarmungslos durch meinen Körper fraß.

Damit hatten wir Gewissheit: Emily und ihre Eltern waren auf hoher See gestorben!

Wer will mich nur so grausam leiden lassen? Erst wenige Wochen zuvor hat man mir Emily buchstäblich aus den Armen gerissen, ohne mir zu sagen, wann ich sie wiedersehen werde. Und jetzt soll Emily tot sein?

Sollte unsere Trennung auf Zeit tatsächlich zu einem Abschied ohne Wiederkehr werden?

Nichts auf der Welt hätte mich auf diesen Augenblick vorbereiten können! Mein kleines Herz war gebrochen und weinte dunkle Tränen.

Vielleicht hat sie es trotz alledem geschafft, zu überleben. Es ist schließlich nicht völlig ausgeschlossen, dass sie sich an einem Wrackteil festhalten konnte und irgendwo an Land gespült wurde.

In diesem Moment der Trauer brauchte ich diese Hoffnung, um nicht verrückt zu werden. Ich weinte vier lange Tage und konnte den Verlust meiner liebsten Freundin Emily einfach nicht verkraften. Ich hatte sie doch so unsagbar gern.

Es vergingen zwei Jahre, in denen ich nie die Hoffnung aufgab, sie wieder in die Arme schließen zu dürfen.

Immer wenn jemand den Türklopfer an der Haustür benutzte, rannte ich, so schnell ich konnte, die Treppe im Haus meiner Eltern hinunter zur Tür, nur um nachzusehen, ob es vielleicht Emily war.

Doch irgendwann lief ich nicht mehr nach unten. Es kam der Tag, an dem ich schweren Herzens akzeptierte, dass sie nie wieder zurückkommen würde.

Damals ahnte ich nicht, dass die Geschichte in ferner Zukunft eine unglaubliche und unerwartete Wendung nehmen würde. Und damit nahm das Unheil seinen Lauf.

DER GEIST IM BLAUEN
CHARLESTON-KLEID

Am 16. April 1927 – ungefähr 29 Jahre nach Emilys Verschwinden – saß ich allein im berühmten und nahezu voll besetzten Clark's Coffee House im Stadtzentrum von Cambridge. Es war ein familiengeführtes Kaffeehaus mit langer Tradition und ich war dort seit vielen Jahren Stammgast. Das kleine rustikale Café lag abseits der Haupteinkaufsstraßen in einer kleinen kopfsteingepflasterten Seitengasse und durch seine schmuckvollen Verzierungen sah der Fachwerkbau dennoch aus wie ein Lebkuchenhaus. Es fehlte nur noch der Zuckerguss an der Dachkante.

Die Gründer waren Einwanderer aus Belgien und dort bereits für ihre süßen Köstlichkeiten bekannt. Um die selbstgemachten Kuchen, Torten und Pralinen genießen zu können, reisten sogar Gäste aus Dublin und Edinburgh an.

Es war ein verregneter, stürmischer und kalter Tag. Der Regen prasselte laut gegen die alten, hölzernen Kastenfenster und draußen heulte der Wind wie ein hungriges Rudel Wölfe. Unheimlich war das. Umso mehr freute ich mich darüber, dass ich meine Tasse Earl Grey in diesem gemütlichen Café zu mir nehmen konnte, und blickte von Demut erfüllt in die lodernden Flammen des Kamins, dessen Feuer das Kaffeezimmer gleichmäßig erwärmte.

Plötzlich fühlte ich mich auf eine ganz besondere Weise

von Gott bevorzugt und bekam ein schlechtes Gewissen, als ich an die Obdachlosen und Bettler in den Straßen dachte. Ihnen erging es nicht so gut wie mir. Sie hatten keinen warmen Unterschlupf und konnten sich auch keinen köstlichen Kuchen leisten. In Gedanken ermahnte ich mich, dies nie zu vergessen und Gott stets dafür zu danken, dass ich bei einem solchen Wetter nicht zu denen gehörte, die auf der Straße schlafen mussten.

Nachdem ich die erste Tasse Tee getrunken hatte, korrigierte ich Klausuren meiner Studenten. Das machte ich häufig so – nicht nur bei schlechtem Wetter. Es gab zahlreiche Tage, da hielt ich es einfach nicht im Büro aus. Viel zu leise war es dort. Es herrschte eine fast schon beklemmende Stille. Nur das »Tock, tock« der riesigen Pendel-Standuhr aus massiver Eiche begleitete meine Gedanken. Das machte mich allerdings nach einiger Zeit ziemlich depressiv, und wenn zur vollen Stunde der laute Gong ertönte, bekam ich jedes Mal beinah einen Herzinfarkt. Nein, in dieser Umgebung fühlte ich mich nicht wohl. Ich musste das Leben um mich herum spüren. Das war mir wichtig, obwohl ich auch Zeiten der Ruhe benötigte, um meine Gefühls- und Gedankenwelt zu ordnen.

An diesem Tag herrschte im Café jedoch etwas zu viel Leben für meinen Geschmack, denn es war laut, sehr laut sogar. Die Swing-Musik aus dem ziemlich eingestaubten Grammofon vermochte das lebhafte Stimmengewirr kaum zu übertönen.

Bei dem Versuch, mich auf meine Arbeit zu konzentrieren, richtete ich den Blick kurz zur Eingangstür, da betrat plötzlich eine junge, reizvolle Dame das Café. Mein Blick streifte die Fremde und ich spürte sofort eine unglaublich starke Präsenz – die Anwesenheit von etwas sehr Bedeutendem. Die junge Frau war schlank, hatte schulterlange blonde Haare, die in Wasserwellen gelegt waren, und hatte unter ihrem Mantel ein blaues Charleston-Kleid mit Pailletten und verspielter Fransenreihe an. Dazu trug sie weiße Samthandschuhe und eine glänzende, lange Perlenkette.

Eine ausgesprochen attraktive Frau, dachte ich mir, als ich mich an ihrem makellosen Erscheinungsbild erfreute. Doch als sie die verführerische Kuchenauslage sah, und ihr der Anblick dieser exquisiten Leckereien ein Lächeln auf das Gesicht zeichnete, erschrak ich so gewaltig, dass ich meinen Füllfederhalter fallen ließ. Dieses charakteristische Lächeln kannte ich nur zu gut. Es war das gleiche Lächeln, wie ich es so oft bei Emily gesehen hatte, als wir noch Kinder waren. Das nahm ich zum Anlass, um mir die Gesichtszüge dieser adretten Frau etwas genauer anzusehen. Diese Mimik kam mir ebenfalls bekannt vor, eine weitere frappierende Ähnlichkeit mit meiner verschollenen besten Jugendfreundin. Die junge Dame im Café hatte zudem ebenso niedliche Grübchen und eine leichte Stupsnase, genauso wie Emily früher. Plötzlich wurde ich ein wenig nervös. Nein, ich wurde *sehr* nervös: Mein Atem beschleunigte sich und mein Herz hämmerte gegen meine Brust. Konnte das Emily sein? Nein, das war völlig unmöglich! Emily ist seit vielen Jahren tot, dachte ich. Mich überkam ein flaues Gefühl im Magen, meine Knie wurden weich und ich glaubte kurz vor einem Ohnmachtsanfall zu stehen. Obwohl so viele Jahre seit ihrem mutmaßlichen Tod vergangen waren, hatte ich den Verlust offensichtlich noch immer nicht verarbeitet.

Ich wünschte mir Emily so sehr zurück, dass ich nun offenbar bereits begann, Geister zu sehen. Schlagartig machte sich Unruhe in mir breit. Ich begann zu schwitzen und meine Hände zitterten leicht. Mit einer geübten Bewegung griff ich in die Jackentasche und suchte nach meiner Bonbondose. Es war eine kleine, zerbeulte Blechdose, gefüllt mit Bachblüten-Bonbons. Seit meinem Studium begleitete mich diese kleine Dose mit den »Zauberbonbons«, die gegen Stress helfen sollten. Ich steckte mir ein Bonbon in den Mund und versuchte, mich zu entspannen, doch die Situation ließ mich nicht los. War es Emily? War es eine Sinnestäuschung, eine Halluzination oder gar eine Wahnvorstellung? Ich wusste es nicht!

Allerdings fühlte ich mich auch nicht so, als ob ich den Verstand verloren hätte, daher beschloss ich, das Treiben zunächst weiter zu beobachten und versuchte mich zu beruhigen.

Kurz darauf kam die gestresste Kellnerin zur Eingangstür und fragte die junge Frau: »Haben Sie einen Tisch reserviert?«

Die Dame verneinte, und die Kellnerin erwiderte sogleich: »In diesem Fall kann ich Ihnen leider keinen Platz anbieten. Es sind alle Tische belegt. Kommen Sie gern morgen wieder.«

Die Luft im Café war von dichtem Zigarettenrauch geschwängert, dennoch war das enttäuschte Gesicht der jungen Frau nicht zu übersehen. Ich hatte Mitleid mit ihr und wollte etwas unternehmen. Als Gentleman mit guter Kinderstube konnte ich es gewiss nicht billigen, dass dieses zierliche und enttäuschte Geschöpf nun allein zurück in die regennassen und kalten Straßen von Cambridge gehen sollte.

Als sie mit verzweifeltem Blick zufällig in meine Richtung sah, hielt sie kurz inne und starrte mich an. Ich wusste, dass sie in diesem Moment überlegte, woher ihr mein Gesicht bekannt vorkam. Dann zog sie plötzlich ihre linke Augenbraue hoch. Da wusste ich es: Es war Emily! Sie musste es sein!

Sofort ergriff ich die Initiative und bat sie mit einer winkenden Handbewegung an meinen Tisch. Ich saß an einem kleinen runden Marmortisch mit einer goldfarbigen Hängelampe, deren Licht regelmäßig flackerte. Der Tisch war jedoch sehr gemütlich und bot ausreichend Platz für zwei Personen.

Ich sah an mir hinunter und bezweifelte, dass meine etwas biedere Kleidung für diesen Augenblick angemessen war. Für einen Hochschullehrer war ich sicherlich adäquat gekleidet, doch mit meiner langweiligen braunen Tweed-Weste und der schwarzen Krawatte konnte ich sicherlich keiner Dame imponieren. Wenigstens war ich gewaschen und gestriegelt.

Verdammt! Ausgerechnet heute sehe ich so ansprechend aus wie mein Großvater. Es fehlen nur noch die Fettflecken auf dem Hemd, schoss es mir durch den Kopf.

Als Emily zu meinem Tisch kam, sprang ich auf, trat hinter sie und half ihr galant aus ihrem Mantel. Dabei zitterten meine Hände vor Aufregung. Es war ein sehr schöner und hochwertiger Wickel-Mantel mit edlem Pelz am Revers und den Manschetten. Schnell hängte ich ihn an der Garderobe auf und kehrte anschließend eiligen Schrittes zu unserem Tisch zurück.

Ich war so aufgewühlt, gespannt und euphorisch, dass ich ihren Mantel am liebsten einfach nur in die Ecke geworfen hätte, um Emily sofort in die Arme schließen zu können. Doch als wohlerzogener junger Mann hielt ich mich selbstverständlich an die übliche Etikette.

Da war sie nun – meine totgeglaubte Sandkastenfreundin Emily. Wir standen voreinander und sahen uns einige Sekunden einfach nur an, ohne etwas zu sagen. Dann kreischte sie los: »Wow! Oscar! Bist du das wirklich?«

Ich war mit der Situation völlig überfordert und mein Mund war plötzlich so trocken wie die Atacama-Wüste in Chile. Es war mir nicht möglich, zu sprechen. Das letzte Mal hatte mich ein solches Lampenfieber übermannt, als ich meine erste Vorlesung vor über einhundert Studenten halten musste. Doch dieses Mal war es schlimmer. Schnell presste ich die Zunge gegen meinen Gaumen und versuchte mit aller Gewalt, etwas Spucke aus meinen Speicheldrüsen zu saugen. Nach einigen Sekunden hatte ich genug zusammen, um einige Worte zu erwidern: »Ja, Emily! Ja, ich bin es wirklich!«

Emilys edles Antlitz und ihr mit verführerisch geschwungenen Kurven ausgestatteter Körper, erregten mich auf eine ähnliche Weise wie der Anblick eines prachtvollen Sahnetörtchens mit süßer Belegkirsche darauf. Ich hatte an diesem Tag wirklich mit allem gerechnet, aber gewiss nicht mit einem solchen Ereignis, das mich total aus der Fassung brachte.

Ich verlor dennoch keine Zeit, zog Emily an mich und umarmte sie. Sie duftete nach frisch gewaschenem Haar und edlem Parfüm. Es war ein extravaganter und irgendwie komplexer Duft. Sehr betörend und elegant mit floralen Duftnuancen. Es war so schön, die sanfte Wärme ihres Körpers zu spüren.

Emily legte ihre Hände ebenfalls um mich, und als sie mit beiden Händen meinen Rücken streichelte, brach das gesamte Repertoire aufgestauter Gefühle aus uns heraus und wir vergossen beide riesige Tränen.

Ich war völlig überrumpelt, und weil ich meine Gefühle nur sehr ungern in der Öffentlichkeit zeigte, versuchte ich, mein Gesicht in der innigen Umarmung zu verstecken. Zwar stand ich zu meinen Gefühlen, schämte mich aber dennoch ein wenig. Bereits als Kind war ich sehr empfindsam, sensibel und liebevoll gewesen. Doch Männer durften nicht weinen. Wenn mein Vater oder Opa uns Jungs damals beim Weinen erwischt hatte, hatte es immer eine Tracht Prügel gesetzt – ohne Ausnahme und oftmals sogar mit dem Rohrstock. Einen Ausweg gab es nicht. Mich erwischte es erwartungsgemäß häufiger, und ich konnte ein paar Mal wochenlang nicht sitzen, weil mein Hintern wegen der Stockhiebe so sehr schmerzte. Es verging kaum ein Tag, an dem ich mich nicht fragte, warum der Schöpfer es den Augen von Jungs ermöglichte, zu weinen, wenn sie es doch nicht durften. Wenigstens versuchte meine Mutter, mich, sooft sie konnte, vor meinem gewalttätigen Vater zu beschützen. Doch das funktionierte nicht immer. Jedes Mal, wenn mein Vater in seinem Säuferwahn streitsüchtig nach Hause kam, schlug er mich und meine Mama, häufig auch ohne Grund und manchmal sogar bis zur Besinnungslosigkeit. Als kleiner Junge konnte ich nicht viel dagegen tun, ich hatte ihm nichts entgegenzusetzen. In der Stadt und auf der Arbeit war er jedoch ein Feigling, der von jedem Milchsuppengesicht ausgenutzt und aufs

Kreuz gelegt wurde. Bei den Freudenmädchen im Huren-viertel jedoch, versuchte dieser Taugenichts regelmäßig zu zeigen, welch starker und leistungsfähiger Mann er sein wollte. Aber daheim musste meine Mutter sich stets um alles allein kümmern. Im Frisörladen und der Kirche war mein Vater diesbezüglich in aller Munde, wie mir meine Mutter unter Tränen erzählt hatte, als ich etwas älter war. So viel zu den vergossenen Tränen meiner Vergangenheit.

Das, was da gerade in diesem Café geschah, musste ich erst einmal verdauen. Darauf war ich nicht vorbereitet. Es schien so, als ob uns eine nicht sichtbare, aber gleichwohl existierende Kraft verband, so wie in unserer Kindheit.

Meine aufgestaute Sehnsucht war so stark, dass ich Emily nicht mehr loslassen wollte und am liebsten in sie hineingekrochen wäre. Dazu hatte ich auch allen Grund, denn nach dem letzten Mal, als ich mich von ihr ver-abschiedet und sie leichtfertig hatte gehen lassen, wäre sie beinahe auf hoher See gestorben.

Diesen Fehler wollte ich nicht noch einmal machen und schwor mir, von nun an besser auf meine Freundin aufzu-passen, damit ihr nicht erneut ein solches Leid widerfuhr. Doch ich wusste, dass wir uns nicht bis zum Ende unserer Tage knuddeln und drücken konnten, denn zum einen wollte ich nicht, dass meine grazile Freundin am nächs-ten Tag aussah wie ein ramponierter, mit Druckstellen übersäter Apfel, und zum anderen dürstete es mich nach leckerem Kaffee.

Nach einiger Zeit der herzlichen Umarmung gelang es uns dann tatsächlich, voneinander abzulassen. Wir setz-ten uns an meinen Tisch, sahen uns erwartungsfroh an, lachten und schüttelten beide nur ungläubig die Köpfe.

Wir konnten nicht fassen, was da gerade passierte, und waren völlig aufeinander fokussiert. Beide waren wir derart in die Situation versunken, dass wir sogar das Servierfräulein, das unsere Bestellung aufnehmen wollte, zunächst nicht bemerkten. Erst als sie uns das zweite Mal und etwas lauter fragte, reagierten wir und gaben unsere Bestellung auf. Wir entschieden uns für die Wiener Melange und den hausgebackenen Zitronenkuchen, der eine Spezialität des Hauses und seit Generationen wegen seiner wunderbar fruchtigen Glasur beliebt war.

Meinen Informationen nach stammten die Zitronen von einem kleinen Bauern aus Sizilien und wurden extra für diesen Kuchen importiert.

Die Melange war famos und der Zitronenkuchen erfüllte sämtliche Erwartungen. Emily schloss beim Essen sogar mehrmals die Augen und sagte dazu »Mmmh«. Daran erkannte ich, dass sie diesen Kuchen offenbar sehr mochte. Ich freute mich unbeschreiblich über diesen Moment und der Tag entwickelte sich zu einem der besten meines Lebens. Ich hatte den Eindruck, dass Emily genauso empfand. Das konnte ich fühlen. Sie war jedoch zu schüchtern, um es zuzugeben.

War der Grund dafür, dass ich ein Mann war? Es schien so zu sein, als ob die Nähe eines Mannes für sie immer eine sehr offizielle, beinahe förmliche Sache war, bei der ihr Handeln stets auch von einer gewissen Vorsicht geprägt war.

Diesen Eindruck hatte ich jedenfalls von ihr, und ich fand, dass sie sich mit diesem Verhalten häufig selbst unnötig unter Druck setzte.

Aber so war Emily nun mal, und ich lernte, damit

umzugehen, auch wenn ich natürlich gern aus ihrem Mund gehört hätte, dass sie die gemeinsame Zeit mit mir ebenfalls genoss. In ihrem Sozialverhalten war sie in dieser Hinsicht manchmal etwas unbeholfen. Vielleicht lag es auch daran, dass sie ein Einzelkind war. Wäre sie mit einem Bruder aufgewachsen, hätte sie wohl deutlich weniger Hemmungen gehabt. Doch letztendlich war sie meine beste Freundin und ich freute mich wahnsinnig über ihre Rückkehr, denn ich hatte sie tief in mein Herz geschlossen.

Meine Freude über ihre Heimkehr wurde jedoch schnell getrübt, als ich unwillkürlich begann, über die Vergangenheit nachzudenken. Wut und Enttäuschung brachen aus mir heraus, und ich fragte Emily ganz direkt und ohne Vorwarnung: »Warum, verdammt noch mal, hast du mir das angetan? Du hast den Untergang eures Schiffes offensichtlich überlebt und es gewagt, dich fast dreißig Jahre lang nicht bei mir zu melden? Als deine Tante uns damals die Nachricht deines Todes überbrachte, da starb auch ein Teil von mir. Mein Herz zerbrach und mein Leben war nicht mehr das Gleiche. So oft lag ich im Stadtpark auf der Wiese und habe hinauf zu den Sternen gesehen, um zu schauen, ob du da irgendwo bist. Du bist mir eine Erklärung schuldig!«

Ich bin ein verdammter Idiot! Zum ersten Mal nach so langer Zeit sehe ich meine totgeglaubte beste Freundin wieder, und mir fällt nichts Besseres ein, als die wundervolle Stimmung zu zerstören und sie anzublaffen!? Emily braucht ihren Freiraum und ich nehme ihr jede Luft zum Atmen!

Ich hasste die Momente, wenn der egozentrische Teil meiner angerauten Persönlichkeit, den ich eigentlich jeden Tag versuchte zu unterdrücken, aufgrund eines schwachen Moments zum Leben erwachte und dadurch häufig beinahe ein Massensterben bei meinen geschätzten Sozialkontakten auslöste. So wollte ich eigentlich niemals sein, und deshalb bereute ich das Gesagte bereits in der Sekunde, als mir das letzte Wort davon über die Lippen gekommen war. Doch da war es zu spät, ich konnte die Worte nicht mehr zurücknehmen. Gut, im Grunde war es ja auch so, dass mir diese Frage unter den Nägeln brannte. Nur die Art und Weise, wie ich sie hervorgebracht hatte, war möglicherweise falsch und der Zeitpunkt vielleicht unangemessen gewesen. Mein Sozialverhalten war in vielen Bereichen also ebenfalls verbesserungswürdig, und manchmal konnte ich ein richtiger Trampel sein, dem es am nötigen Fingerspitzengefühl fehlte.

Mit dem Schlimmsten rechnend, erwartete ich ihre Reaktion auf meine Frage und war zunächst fest davon überzeugt, dass sie mich unmissverständlich zurechtweisen würde. Doch zu meiner großen Verwunderung blickte sie mich für einige Sekunden nur überrascht an, ohne etwas zu sagen. Sie wurde überhaupt nicht böse und an ihrem wohlwollenden Blick erkannte ich, dass sie offenbar ebenfalls der Meinung war, dass ich, als ihr bester Freund, das Recht hatte, diese Frage zu stellen, und dass sie mir eine solide Erklärung schuldete.

Sie nahm noch einen Schluck von ihrer inzwischen etwas abgekühlten Wiener Melange und antwortete mir sehr ausführlich. Dabei sprach sie sehr sachlich, ruhig und vorsichtig, nahm Rücksicht auf meine Gefühle. Doch

wie tief ich tatsächlich verletzt war, konnte sie nur er-
ahnen …

»Oh, mein lieber Oscar, es tut mir alles so leid. Es ist
jedoch ganz anders, als du denkst, und mich trifft wirklich keine Schuld. Ich kann mir kaum vorstellen, wie du
gelitten haben musst. Niemals hätte ich dir das antun können. Du bist doch mein bester Freund. Aber glaub mir,
Oscar, auch mein Herz zerbrach und ich habe mich unter
Schmerzen durch jeden einzelnen Tag der letzten Jahr-
zehnte geschleppt. Mit der Gewissheit leben zu müssen,
dass du nach meinem Verschwinden angenommen haben
musstest, ich wäre tot, bereitete auch mir unaussprechliche
Qualen. Ich hatte jedoch keine andere Wahl. An dem Tag,
als unser Schiff sank, brach ungefähr um die Mittagszeit
herum ein Feuer an Bord aus. In der Schiffsküche geriet
Fett in Brand und der Smutje bekam Panik. Offenbar versuchte er, das Fett mit Wasser zu löschen, aber dadurch
verteilte es sich überall in der Kombüse. Die Mannschaft
schaffte es nicht, dass Feuer unter Kontrolle zu bringen
und infolgedessen dauerte es nicht lange, bis der Captain
die Entscheidung traf, das Schiff aufzugeben. Doch das
war nicht leicht, denn die aggressiven Flammen breiteten sich so rasend schnell aus, dass selbst die hölzernen
Rettungsboote in Brand gerieten und sich innerhalb von
wenigen Minuten in knusprige Kohle verwandelten. Zum
Glück war ich rechtzeitig ins Freie gerannt und konnte
mich zunächst auf die Plattform am Bug des Schiffes retten, wo mich einige der Matrosen fanden und mir dabei
halfen, das Schiff zu verlassen. Selbst die Ratten im Fracht-
raum schafften es nicht mehr rechtzeitig von Bord. Zum
Glück halfen mir einige der Matrosen dabei, das Schiff

zu verlassen. Auf dem Oberdeck fanden sie eine spröde, alte Holzpalette, die mir als provisorisches Rettungsboot dienen sollte. Um die Schwimmfähigkeit zu verbessern, befestigten sie vier leere Eichenfässer mit dickem Tauwerk an der Palette und ließen das eigenhändig gebaute Floß anschließend mit mir darauf zu Wasser. Wenig später trieb ich allein im offenen Meer und entfernte mich immer weiter vom zügig sinkenden Schiff. Proviant und Wasser reichten höchstens für drei bis vier Tage, und ich fragte mich, ob meine Eltern und die Matrosen es noch rechtzeitig von Bord geschafft hatten. Die Männer hatten mir mitgegeben, was trotz des Feuers noch zu erreichen war. So hatte ich neben einer kleinen Feldflasche Wasser immerhin etwas Käse, Dörrfleisch und Trockenfisch in einem kleinen Lederbeutel bekommen. Es war gerade so viel, dass ich damit eine schwache Hoffnung aufrechterhalten konnte, doch als es dunkel wurde, war ich mir aus irgendeinem Grund sicher, dass mich dort draußen in diesem riesigen Ozean, der so tiefschwarz war, wie vulkanisches Glas, niemand finden würde. Ich rechnete damit, dass ich qualvoll verdursten müsste, und schreckliche Angst wurde zu meinem ständigen Begleiter. Ganz langsam, aber dafür mit großer Ausdauer, versuchte dann auch noch der Wahnsinn Besitz von mir zu ergreifen, und als ich in der Dunkelheit nicht mehr sehen konnte, was da unter mir im Wasser lauerte, musste ich immerfort an die wahrhaft schaurigen Geschichten denken, die mein Onkel Michael uns Kindern früher häufig erzählt hatte. Natürlich nur, wenn meine Mutter nicht zugegen war, um es ihm zu verbieten.

Mein Onkel war bei der Navy und fuhr viele Jahre zur

See. Einmal berichtete er uns von einem schrecklichen Seegefecht, das in der Mitte des 19. Jahrhunderts im Indischen Ozean stattfand: Nach einigen schweren Treffern konnte sich eine Segelfregatte der königlichen Flotte nicht mehr über Wasser halten und sank. Mehr als zwanzig Seeleute retteten sich durch einen Sprung ins dunkle und tiefe Wasser, um nicht vom Sog des sinkenden Schiffes in die Tiefe gezogen zu werden. Die teilweise schwer verletzten Männer waren erschöpft, kriegsmüde und trieben ohne Nahrung und Wasser im offenen Meer umher. Das gegnerische Schiff überließ die Seeleute ihrem Schicksal. Sonne, Hoffnung, Schmerzen und einige Holzplanken, die als Schwimmhilfe taugten, waren alles, was ihnen blieb. Direkt in der ersten Nacht, die Männer zitterten und ihre Extremitäten waren steif vor Kälte, kamen die Haie und fraßen fünf Matrosen bei lebendigem Leib auf. Es war ein grausiges Spektakel und wahrlich keine Bestattung nach Seemannsart, die ihnen eigentlich zugestanden hätte. Die schmerzerfüllten Schreie der Opfer waren so schlimm, dass die unverletzten Seeleute einen unmoralischen Plan schmiedeten, denn sie wollten nicht die Beute der kommenden Nacht werden.

Als die Haie in der zweiten Nacht erwartungsgemäß in noch größerer Anzahl zurückkehrten, suchten die todgeweihten Kameraden die Matrosen aus, die die schlimmsten Verletzungen davongetragen hatten. In der Annahme, dass die verletzten Matrosen den Strapazen ohnehin nicht mehr gewachsen gewesen wären, fügte ihnen einer der Kameraden tiefe und stark blutende Schnittwunden mit seinem Messer zu. So sollte die Aufmerksamkeit der Haie durch das frische Blut auf die verletzten Matrosen gelenkt werden. Das funktionierte zunächst auch wie erwartet. Doch in der dritten Nacht kamen die gierigen Haie erneut wieder, um sich die Bäuche vollzuschlagen. Diesmal gab es jedoch keine Matrosen mehr, die man an die Haie hätte verfüttern können. So kam es also, dass die Haie schließlich ihrer Natur folgten und auch die anderen verbliebenen Seeleute fraßen.

Nur ein einziger Seemann überlebte wie durch ein Wunder und wurde nach einigen Tagen auf See von einem spanischen Transportschiff in Küstennähe gerettet. Im Ergebnis hatten die Seeleute ihr eigenes Leben durch das Opfern ihrer Kameraden nicht retten können, und als ob das nicht bereits tragisch genug gewesen wäre, sind sie allesamt kurz vor ihrem eigenen Tod noch zu Mördern geworden. Eine sehr traurige Geschichte.

Ich sah mich also schon im Magen irgendeines Hais, als ich nach einigen Tagen auf See von zwei alten Männern in einem kleinen Fischerboot gerettet wurde. Sie brachten mich an Land, wo auch immer das war. Überall gab es nur Wüste und Palmen. Ich war stark dehydriert, fantasierte und wusste nicht, wo ich mich befand. Ich war neun Jahre alt, verängstigt und allein in einem fremden Land mit Menschen, deren Sprache ich nicht verstand. Später erfuhr ich, dass ich mich im Oman befand. Ein Emir namens Karmud bin Belghdasch nahm mich in seinem Palast auf. Er war ein respekteinflößender großer Mann, der die alten Traditionen liebte. So trug er bei jeder sich bietenden Gelegenheit seine Festtagstracht, bestehend aus einem sorgsam gebundenen Turban und einer großen Anzahl an reich verzierten Goldamuletten.

Der Emir besaß sehr große Ländereien und dort wuchs

ich inmitten seiner großen Familie auf. In all den Jahren lernte ich sogar die Sprache dieses Wüstenvolkes und begann, mich dort heimisch zu fühlen, als ich erkannte, dass es keinen Ausweg mehr gab.

Die Familie versuchte mir zwar immer das Gefühl zu vermitteln, ein Teil von ihr zu sein, aber der Stammesfürst gab mir unmissverständlich zu verstehen, dass er mich als sein persönliches Eigentum betrachtete. Wenn ich seinen Anweisungen nicht Folge leistete, bekam er starke Wutausbrüche und zerschlug dabei regelmäßig irgendwelche Einrichtungsgegenstände im Palast, und wenn er sich wieder beruhigt hatte, versuchte er mir stets ein schlechtes Gewissen einzureden. Das war unerträglich. Mein Leben war geprägt von seinen ständigen Versuchen, mich emotional zu erpressen. Um mich selbst zu schützen, ging ich ihm, sooft es mir möglich war, aus dem Weg. Doch ich wurde auf Schritt und Tritt überwacht. Er ließ mich nicht gehen, selbst später als erwachsene Frau nicht, ganz egal, wie häufig ich den Emir unter Tränen anflehte, mich zurück nach England zu schicken.

Mehr als ein Mal versuchte ich, diesem gottlosen Ort zu entkommen, aber die Leibwache des Emirs schaffte es stets, jeden meiner Fluchtversuche zu vereiteln. Für den Emir musste ich eine Art von Trophäe sein. Schließlich hatte ich weiße Haut und blondes Haar. Mädchen wie mich gab es in diesem Land nicht. Der Emir war ein mittelalterlich eingestellter, furchteinflößender und grausamer Despot. Die Geschicke des Volkes bestimmte er allein mit seinem Willen und bei seinen Untertanen war er durch schrankenlose Gewalt und Willkür berüchtigt. Er behandelte Frauen sehr geringschätzig, aber er verging sich nie an mir.

Erst vor wenigen Wochen gelang mir durch einen glücklichen Zufall die Flucht aus dieser gottverdammten Wüstenhölle: Forschungsreisende aus England befanden sich auf der Rückreise von einer Expedition zur Erforschung der Rub al-Chali Sandwüste. Ich vertraute mich einer der beteiligten Wissenschaftlerinnen an und sie verhalf mir kurzerhand zur Flucht in einer großen Transportkiste. Die Forschergruppe brachte mich, so schnell es ging, zur Kronkolonie und Hafenstadt Aden im Jemen. Mit dem nächsten Schiff der Navy fuhr ich dann vom Jemen aus direkt zurück nach England.

Vor drei Tagen bin ich auf der Marinebasis Devonport in Plymouth angekommen und im Anschluss direkt nach Cambridge gereist.

Ich hoffe, du verstehst jetzt, warum ich mich nie melden konnte, und kannst mir verzeihen!«

Emily löste sich aus ihren Erinnerungen und versuchte, ihre Tränen zu unterdrücken. Es war deutlich zu erkennen, dass dieses überwältigende Ereignis ein schweres seelisches Trauma bei ihr hinterlassen hatte.

»Ich bin sprachlos, Emily, wirklich! Das muss ich erst mal verarbeiten. Bitte entschuldige meine Unterstellung, aber das konnte ich doch nicht ahnen. Meine Zweifel und Befürchtungen sind jedenfalls vollends zerstreut.«

Eine solche Geschichte von Emily zu hören bestürzte mich sehr. Sie klang wie ein finsterer Gruselroman und es bekümmerte mich sehr, dass ich in den dunkelsten Stunden ihres Lebens nicht an ihrer Seite gestanden hatte.

In den folgenden zwei Stunden plauderten wir noch

über dieses und jenes. Es war schön, und ich wollte eigentlich nicht, dass dieser Tag jemals endete.

Mir war aufgefallen, dass die erwachsene Emily anders war als die meisten Frauen, die ich kannte. Sie war etwas zugeknöpft, aber durchaus heiter, sofern man das Richtige sagte, aber das war schon früher so gewesen.

Wir lachten viel und hatten trotz unserer doch unterschiedlichen Persönlichkeiten – ich war eher extrovertiert, sie ruhig und zurückhaltend – einige gemeinsame Interessen. Aber auch unsere Unterschiede störten mich in keiner Weise, denn wir passten ungeachtet einiger Gegensätze perfekt zusammen.

Am späten Nachmittag hatte ich noch eine Lehrveranstaltung an der Universität zum Thema »Frühe Kulturen im präkolumbischen Mesoamerika«. Durch unser überaus angeregtes Gespräch hatte ich allerdings komplett die Zeit vergessen. So kam es, dass ich mich überstürzt von Emily verabschieden und loseilen musste.

Auf dem Weg zur Universität ließ ich das unerwartete Treffen noch einmal Revue passieren. Mir ging es richtig gut, und ich verspürte ein Kribbeln in der Magengegend, das mich total anregte. Euphorie stieg in mir auf. Noch immer war ich zutiefst beeindruckt von dem Wiedersehen mit dieser spannenden Frau.

Der Augenblick, als wir uns in den Arm genommen haben, war einfach nur wunderschön.

Einen Moment lang schloss ich die Augen und schnupperte wie ein junger Trüffelhund an meinem Hemd. Vielleicht riecht es noch nach ihr, dachte ich. Und, ja, meine Hoffnung wurde erfüllt: Der Kragen duftete tatsächlich noch sehr intensiv nach Emily. Daraufhin beschloss ich, dass ich dieses Hemd erst einmal nicht in die Waschküche geben wollte. Da hätte ich mir lieber ein neues Oberhemd gekauft.

Diese Frau entriss mich für einen Moment der realen Welt und ich verlor mich in einem dichten Geflecht intensiver leidenschaftlicher Gedanken.

Ich hatte einen ganz besonderen Menschen getroffen, so wie damals bei unserer ersten Begegnung im Sandkasten. Daran bestand kein Zweifel. Diese Frau übte eine besondere Anziehung auf mich aus. In ihrer Gegenwart fühlte ich mich beflügelt und hoffnungsfroh, aber auch geborgen und verstanden. Es war eine Komposition angenehmer Gefühle, gepaart mit allgemeinem Wohlgefühl und einer verlorengeglaubten, aber wiedergefundenen Vertrautheit.

Es waren starke Empfindungen, und ich fragte mich daher, ob ich einem vorübergehenden Hormonrausch erlegen war oder ob ich einen Streifschuss von Amors Pfeil abbekommen hatte. Vielleicht war ich auch nur emotional mit der Situation überfordert, meine alte Sandkastenfreundin nach so langer Zeit wiederzusehen? Traf vielleicht ein bisschen von allem zu? Ich wusste es nicht und fand einfach keine Erklärung dafür. Natürlich beschäftigte mich diese Sache sehr, und so schoss mir die Frage durch den Kopf: Oscar, was für ein Mann bist du?

Mein moralischer Kompass hatte bisher immer einwandfrei funktioniert, auch wenn ich von Zeit zu Zeit unter einem seelischen Ungleichgewicht gelitten hatte. Andere Menschen verletzen wollte ich nie, besonders niemanden, der mir am Herzen lag. Das Glück derer, die mir etwas bedeuteten, war mir schon immer wichtiger als das eigene Wohl, wusste ich doch, wie es sich anfühlte, unglücklich zu sein. Nein! So sollte sich niemand fühlen müssen, der mir wichtig war. Deshalb versuchte ich, meinen Mitmenschen Glück zu bringen, was mir wiederum ausgesprochen viel Freude machte und gegen die oft von mir empfundene Nutzlosigkeit meiner Person half. Es half gegen die Leere in meinem Herzen und gab meinem Leben einen Sinn. Selbst dann, wenn ich keinen Sinn mehr in diesem von der triebhaften Eigensucht meiner Mitmenschen verseuchten Leben zu erkennen vermochte. Was manchmal durchaus vorkam, wenn die Dämonen in meinem Kopf wieder zu mächtig wurden und der Teufel mich an die Hand nahm, um mir seine Sicht der Dinge zu schildern. Zeit meines Lebens hatte ich daher immer mehr erreichen wollen, als nur meinen biologischen Daseinszweck als Mann zu erfüllen. Mein Vermächtnis sollte wertvoll sein für die Menschen, die nach mir kommen würden. Auch wenn ich außerhalb meiner glücklichen Ehe bisher nur sehr selten das Gefühl hatte verspüren dürfen, für andere Menschen wertvoll zu sein oder von anderen wertgeschätzt zu werden, war ich trotzdem immer der Meinung, dass ich mit gutem Beispiel vorangehen musste. Vielleicht wurde ich auch vom Leben auf die Probe gestellt, ich wusste es nicht und das quälte mich sehr.

Als kostbare Quelle für Glück und inneren Frieden hatten freundschaftliche Beziehungen zeitlebens eine besondere Bedeutung für mich, doch Freundschaften bedurften auch regelmäßiger Pflege, sie mussten blühen und sich fortentwickeln, dazu benötigten sie Ungezwungenheit, Duldsamkeit, Herzlichkeit, Respekt und vor allem ausreichend gemeinsam verbrachte Zeit. Allerdings war auch eine gewisse Portion Mut vonnöten, immer wieder aufeinander zuzugehen, damit man eine solch noble, enge Bindung aufrechterhalten konnte. Denn durch Schüchternheit konnte die Freundesliebe schwinden. Diese Lektion lernte ich allerdings nur langsam und unter großen Schmerzen. Integrität, Loyalität, Ehrlichkeit, Zuverlässigkeit und Vertrauen hatten für mich seit jeher zu den zentralsten Dingen im Leben gehört. Somit brachte ich wohl alle Voraussetzungen für ein anständiges moralisches Verhalten mit.

Gewiss hatte ich nie berücksichtigt, dass meine inneren Werte und Überzeugungen für andere Menschen offenkundig nicht so selbstverständlich waren wie für mich selbst, und das sollte mir später noch einige Probleme bereiten.

Bei all dem emotionalen Gewirre wusste ich nicht einmal, was Emily für mich empfand. Was dachte sie von mir? Ging es ihr ähnlich? Welche Wirkung hatte ich auf sie? Konnte sie spüren, was ich fühlte? Hatte sie vielleicht zwischendurch den Eindruck gewonnen, dass meine Worte nicht meinen Gedanken entsprachen?

Antworten auf diese Fragen zu bekommen war mir sehr wichtig! Allerdings versuchten Männer bereits seit der Schöpfungsgeschichte, das Wesen von Frauen zu verstehen, und mir ist nicht bekannt, dass es bis zum heutigen Tag auch nur einem einzigen gelungen wäre.

Vermutlich sagten Frauen aber Ähnliches auch über die Männer. Das hätte ich mir nur zu gut vorstellen können. Daher fragte ich mich, wie es nun weitergehen würde, und hoffte inständig, dass Emily einem weiteren Treffen zustimmen würde, hatte jedoch Angst, dass ich sie auf irgendeine Art und Weise überforderte.

Also beschloss ich, auf das nächste Lebenszeichen von Emily zu warten und währenddessen meine Gefühlswelt genauer zu erforschen. Es galt herauszufinden, was da mit mir passierte.

Zu diesem Zeitpunkt konnte ich noch nicht ahnen, dass ich mich wenig später als zentrale Gestalt inmitten eines wahr gewordenen Albtraums wiederfinden würde und welches Leid mich dort erwartete.

DAS KUVERT

Nach einer anstrengenden Vorlesung kehrte ich am späten Nachmittag in mein abgewohntes Dienstzimmer an der Universität zurück und wollte mich mit einem anständigen Glas Weinbrand entspannen. Das letzte Treffen mit Emily lag nun etwas mehr als eine Woche zurück und ich musste unentwegt an sie denken. Als ich gerade mein Jackett auf meinem von Holzwürmern durchlöcherten Stuhl ablegte, erblickte ich ein Kuvert auf meinem Schreibtisch. Sehr ungewöhnlich, dachte ich. Es musste von jemandem persönlich bei meiner Sekretärin abgegeben worden sein, denn nur sie hatte neben meiner Person Zugang zu meinem Büro und die übliche Tagespost kam bereits in der Früh.

Als ich meinen braunen Filzhut an der Garderobe aufgehängt hatte, schoss mir etwas durch den Kopf, und ich erschrak kurz. Ich war mir sicher, dass es sich nur um einen förmlichen Brief der Beschwerdekommission oder direkt vom Präsidium der Hochschule handeln konnte. In der vorletzten Woche hatte sich nämlich ein vorlauter Student privilegierter Herkunft über mein deduktivzentriertes Lehrverfahren beschwert und gemeint, dass ich eine gravierende Fehlbesetzung für diesen Lehrstuhl sei und sein einflussreicher Vater sich dieser Sache annehmen würde.

Dies dürfte daher wohl die Aufforderung zur Stellungnahme vom Dekan der Hochschule sein, dessen war ich mir sicher und ich nahm meinen ganzen Mut zusammen, um mir das Kuvert genauer anzusehen, das ich etwas verkrampft mit beiden Händen festhielt. Sofort stieg mir ein blumiger Duft von damenhafter Eleganz in die Nase. Schwer zu beschreiben, doch ich erlebte ein sagenhaftes Geruchserlebnis aus Rose, Parmaveilchen, Moschus und Vanille. Es war ein exklusives Parfüm, kein billiges Duftwässerchen. Einfach entzückend!

Ist der Brief tatsächlich für mich parfümiert worden oder haftet nur etwas vom Parfüm des Verfassers oder der Verfasserin am Papier?

Ich versuchte, jedes Duftmolekül genauestens wahrzunehmen, weil mir der Geruch über die Maßen gefiel. Ganz sicher konnte ich nun sagen: Dieser Brief kam offenbar nicht von der Beschwerdekommission. Auf dem Kuvert standen, in sehr ordentlicher weiblicher Handschrift geschrieben, nur die Worte: »Für Oscar«. Ein Absender fehlte. Sofort war mein Interesse geweckt.

»Wo ist nur der verdammte Brieföffner?«, murmelte ich vor mich hin.

Immer wenn man etwas dringend braucht, ist es verschwunden, dachte ich mir. Ich liebte es, meine Post mit dem Brieföffner zu öffnen. Dieses typische Geräusch, wenn die scharfe Klinge die Papierfasern der zugeklebten Verschlussklappe zertrennte, konnte süchtig machen.

Dr. Charlotte Miller vom Dezernat für Personal- und Rechtsangelegenheiten hatte mir vor einigen Jahren diesen vergoldeten Brieföffner mit einem Griff aus fossilem Mammut-Elfenbein geschenkt. Es war ein sehr seltenes und schönes Einzelexemplar, das ich nach einigem Suchen dann auch unter einem Haufen alter Zeitungen fand.

Erwartungsvoll öffnete ich das Kuvert ganz vorsichtig mit meinem Brieföffner und zog den Brief heraus. Es handelte sich offensichtlich um feinstes handgeschöpftes Büttenpapier, sehr stilvoll. Ein solches Papier hatte ich zum letzten Mal vor einigen Jahren in den Händen gehalten, es war ausgesprochen selten. Nicht verwunderlich, gehörte es doch zu den schönsten und exklusivsten Papiersorten der Welt. Das Papier war so zart und samtig, dass es meinen Fingerkuppen geradezu schmeichelte.

Ich klappte den Brief auf und sah sofort nach unten. Beinahe platzte ich vor Neugier. An der Unterschrift erkannte ich, dass das Schriftstück von Emily stammte. Sie bedankte sich noch einmal für die angenehmen gemeinsamen Stunden im Café und wollte in der kommenden Woche mit mir in das neue asiatische Restaurant Orient Roast gehen, das direkt im Künstlerviertel lag.

Ich freute mich sehr, diese Zeilen zu lesen, doch ich war auch etwas verdutzt. Hatte ich tatsächlich eine Einladung von Emily bekommen? Ich musste diese Zeilen wirklich mehrfach lesen, um es zu glauben. Aber schlussendlich gab es keinen Zweifel mehr. Sie hatte mich zu einem gemeinsamen Abendessen eingeladen!

Dann kann mein Verhalten damals im »Clark's Coffee House« nicht so schlecht gewesen sein! Ich hatte bereits von diesem neuen Restaurant gehört. Es sollte sehr gut sein und selbst höchsten kulinarischen Ansprüchen genügen.

Deutlich konnte ich spüren, wie ich die Mundwinkel beim Lesen nach oben zog. Ich freute mich aufrichtig über diesen Brief, denn ich hatte meine Zweifel gehabt, ob Emily tatsächlich den Kontakt zu mir suchen würde oder auch nur ein Mensch war, der Gefallen an Lippenbekenntnissen fand. Solcher Verhaltensweisen war ich allmählich überdrüssig geworden. Zu häufig hatte ich in meinem Leben nette Menschen getroffen, doch viel mehr als gebrochene vollmundige Versprechen waren in den meisten Fällen nicht übrig geblieben.

Bei Emily war es möglicherweise anders, sie meinte es nach meinem Dafürhalten ernst und interessierte sich offenbar aufrichtig für mich. Oder interpretierte ich ihre anfängliche Neugier irrtümlich als ernst gemeintes, freundschaftliches Interesse an meiner Person? Was mich anging, vertraute ich ihr jedenfalls genauso wie in unserer Kindheit, ohne zu wissen, wie das Leben sie in den letzten Jahrzehnten geprägt hatte. Aber so funktionierte Vertrauen: Irgendjemand musste den Anfang machen!

Für mich, der ich schon häufig enttäuscht worden war, war es besonders schwierig, zu vertrauen. Denn wenn man jemandem vertraute, hatte man grundsätzlich mehr zu verlieren als zu gewinnen. Dennoch war ich häufig derjenige, der einen Vertrauensvorschuss gab. Und so war es auch in diesem Fall.

Natürlich fragte ich mich, welches Interesse Emily an mir hatte, denn eigentlich kannte ich diese inzwischen erwachsene Frau doch kaum. Bauchgefühl und Erinnerungen reichten mir aber aus irgendeinem Grund aus, auch wenn meine Gefühle zwischendurch sehr zwiespältig waren.

Sie war offensichtlich sportlich, trug keinen Bob Cut und rauchte nicht, daher machte sie auf mich nicht den Eindruck, dass sie zur Fraktion der Flapper gehören könnte. So bezeichnete die Presse seit einigen Jahren junge Frauen, die dem Alkohol nicht abgeneigt waren und sich in frecher Weise über die geltenden Benimmregeln hinwegsetzten. Nein, zu dieser Sorte Frauen gehörte sie nicht! Auf mich wirkte Emily wie eine bodenständige, pflichtbewusste und konservative junge Frau, die sich anderen Menschen gegenüber gut zu benehmen wusste und ihre Rolle im Leben kannte. Außerdem glaubte ich nicht, dass sie eine Frau war, die zu später Stunde in Jazz-Clubs nach männlicher Gesellschaft suchte. Eher schien sie eine wohlerzogene, wenn auch etwas verschlossene junge Dame mit traditionellen Wertvorstellungen zu sein. Das war mir sehr sympathisch und ich träumte in dieser Nacht noch sehr intensiv von ihrem Brief, den ich zuhause in einem Hohlraum unter einer lockeren Holzdiele im Wohnzimmer versteckte, um Wendy nicht grundlos zu irritieren. Hätte ich ihn besser nicht verstecken sollen? Geheimnisse hatte ich vor meiner Frau eigentlich keine, doch wie hätte sie reagiert, wenn ich den Brief nicht versteckt und sie ihn gefunden hätte? Eine Einladung zum Abendessen zu zweit, von einer fremden Frau … Da hätte der kleinste Funke ein flammendes Inferno in unserer Ehe auslösen können. Die Angst vor ihrer Reaktion brachte mich vollends durcheinander und meine Selbstsicherheit löste sich schneller auf als ein Zuckerwürfel in einer Tasse heißem Kaffee. Dazu kam: Ich hatte Wendy erst wenige Wochen zuvor neue Küchenmesser gekauft und sie hatte eine überaus lebhafte Phantasie … Meine Angst war zweifelsohne berechtigt, schließlich konnte ich mich noch genau daran erinnern, wie sie bei meiner letzten Diät reagiert hatte, als sie die Süßigkeiten fand, die ich vor ihr im Wandregal, hinter den Büchern versteckte. Mein Frühstück musste ich zur Strafe fünf Wochen lang alleine zubereiten und in unserem Schlafzimmer war es ruhiger als bei einer Andacht in der Kirche. Ich beschloss daher, Wendy zu einem späteren Zeitpunkt in meine Gedanken einzuweihen, konnte es zunächst aber kaum erwarten, Emily erneut zu treffen.

In meiner Vorfreude verging die Woche glücklicherweise rasend schnell. Nur noch einmal schlafen und dann war es endlich so weit. Das war auch gut so, da ich die Anspannung kaum noch aushielt. Geduld gehörte nämlich nicht unbedingt zu meinen Stärken. In der Nacht vor unserem Treffen konnte ich kaum schlafen. Ich war unvorstellbar aufgeregt und fragte mich, ob es Emily genauso ging. Selbst etwas überrascht von meiner starken emotionalen Reaktion, versuchte ich zu ergründen, warum ich so aufgeregt war. Ich versuchte, mich zu entspannen, indem ich mir immer wieder gebetsmühlenartig einredete: »Oscar, es ist doch nur eine ganz normale Frau und außerdem deine Freundin.«

Aber war das wirklich so? Der Versuch, meine Gedanken auf diese Weise zu beruhigen, schlug jedenfalls fehl. Ich war so unfassbar nervös. Emily war ganz sicher keine normale Frau. Ich empfand sehr stark für sie und kam zu der Erkenntnis, dass man sich Gefühle nicht aussuchen konnte. Sie überrumpelten einen und waren dann allgegenwärtig.

Doch was genau empfand ich? Was durfte ich empfinden? Ich wusste immer noch keine Antworten und das zermürbte mich. Doch eine Frage beschäftigte mich ganz besonders: Durfte man einem Menschen angenehme Gefühle verbieten, nur weil diese gesellschaftlich vielleicht nicht akzeptiert wurden?

Das viele Grübeln ermüdete mein Gehirn, und ich versuchte, etwas Schlaf zu bekommen, was mir nach einiger Zeit letztlich auch gelang.

Am nächsten Morgen erwachte ich mit einer noch nie da gewesenen Euphorie. Mein erster Gedanke galt Emily und ich absolvierte meine Morgentoilette in einem rekordverdächtigen Tempo. Das war ungewöhnlich, da ich normalerweise mehr Zeit im Bad benötigte als meine Ehefrau Wendy.

Vor dem Spiegel über der Waschkommode trällerte ich voller Hochgefühl ein Liedchen und bemühte mich mit meiner vielgenutzten Rundbürste um eine flotte Frisur. Ich wollte unbedingt dafür sorgen, dass meine Haartracht beim Abendessen mit Emily keinen Anlass zur Beschwerde gab. Eine zusätzliche frische Rasur in Verbindung mit dem feinsten Zwirn aus meinem gut sortierten Kleiderschrank sollte mein Erscheinungsbild abrunden und einen guten Eindruck bei Emily hinterlassen.

Mir war sehr wichtig, was sie von mir hielt, ich wollte sie nicht enttäuschen. So verführerisch, wie ich aussah, hatte ich allerdings etwas Sorge, dass sie denken könnte, ich würde sie bezirzen wollen. Doch das war nicht das, was ich anstrebte, ich wollte mich nur dem Anlass entsprechend herausputzen. Für mich war das wichtig, um ihr zu zeigen, dass sie und dieser Abend etwas Besonderes für mich waren.

Ich wollte meine große Wertschätzung für sie zum

Ausdruck bringen, fragte mich jedoch, ob sie das richtig verstehen würde, denn ich hatte das Gefühl, dass Emily in Gesprächen häufig verlegen war. Oftmals sah ich ihr an, dass sie auch nicht so recht wusste, wie sie sich verhalten sollte, wenn ich Gefühle zum Ausdruck brachte.

Nach dem Frühstück fuhr ich etwas schlaftrunken mit dem Fahrrad zur Universität und kam dort völlig ermattet an – nichts, was eine Tasse Kaffee von meiner Schreibkraft Mrs Teckleberry nicht kurieren konnte. An meinem Schreibtisch angekommen, sah ich auf die Uhr und realisierte, dass ich mehr oder weniger noch zehn Stunden bis zum langersehnten Abendessen mit Emily herumbringen musste. Konnte ich die Zeit schneller vergehen lassen? Leider nein! Und die riesige Vorfreude war die reinste Folter für mein ernsthaftes Bestreben, Geduld zu üben. Die Zeit verging in etwa genauso zäh, wie der abgestandene Kaffee aus Mrs Teckleberrys Kanne in meine Tasse lief.

Innerlich war ich so aufgewühlt, dass ich keinen klaren Gedanken fassen konnte. Am Ende führte ich in meinem Dienstzimmer einige Gespräche mit Studenten und so ging die Zeit doch vergleichsweise geschwind vorüber.

Nachdem ich noch schnell meinen Schreibtisch geordnet hatte, fuhr ich mit dem Fahrrad auf direktem Weg zu dem Treffen mit Emily. Es gab für mich nur dieses eine Ziel und selbstverständlich wollte ich sie nicht warten lassen. Ich fuhr also, so schnell ich konnte, was nicht leicht war, denn ich radelte auf Zehenspitzen und mit ausgeprägten O-Beinen, um zu verhindern, dass ich beim Treten der Pedale Kettenfett an meine schicke Stoffhose bekam. Dabei fuhr ich leichte Schlangenlinien und hätte auf dem Campus beinahe noch den Hausmeister Mr

Brambilla überfahren, als er, ohne sich umzusehen, aus dem Lieferanteneingang gelaufen kam. Doch ich kannte mich mit fortgeschrittenen Fahrmanövern aus und konnte mit einem kleinen Schlenker nach rechts einen Unfall verhindern. Der Hausmeister bekam einen Wutanfall und schrie mir wehklagend irgendetwas hinterher. Verstehen konnte ich es aber nicht. Es klang nicht freundlich, eher wie die üblichen Fluchtiraden. Doch das war bei ihm nichts Ungewöhnliches. Er hatte italienisches Blut in seinen Adern und war generell sehr temperamentvoll. Hinzu kam, dass er nach seinem Schlaganfall vor einigen Jahren kaum noch deutlich sprechen konnte. Das tat mir wahrhaftig leid für ihn, dennoch war er ein intriganter Bröseldieb und tratschte schlimmer als eine Horde rüstiger Waschweiber.

Nachdem ich mich von diesem kleinen Schock erholt hatte, konzentrierte ich mich wieder auf das bevorstehende Treffen mit Emily. Ich vermochte nicht zu sagen, was mich an diesem Abend erwartete. In meinem Kopf herrschte das reinste Chaos. Meine Gedanken schossen in meinem Kopf umher, ohne jede Kontrolle. Meinem Naturell entsprechend versuchte ich, gedanklich jeden Schritt unseres Treffens und mögliche Handlungsalternativen durchzuspielen, in der Hoffnung, dadurch mehr Selbstsicherheit zu gewinnen. Was könnte sie sagen oder fragen? Was konnte ich antworten und was sollte ich lieber nicht sagen? Ich wollte bestmöglich vorbereitet sein und Emily nicht mit einem geschwätzigen Worterguss langweilen. Aber was viel wichtiger war: Ich wollte nichts falsch machen! Meine Gefühle und Sorgen waren an diesem Abend mit denen eines Sprengmeisters der Britisch Army vergleichbar, wenn er eine Bombe entschärfen sollte und sich für den richtigen Draht entscheiden musste. Knipste er den falschen durch, dann war es aus. Eine zweite Chance gab es nicht. Das galt es bei Emily unbedingt zu vermeiden.

Als ich beim Restaurant ankam (ich war natürlich pünktlich), erblickte ich Emily bereits vor der Tür. Sie wartete auf mich und zupfte nervös an ihrer Kleidung herum. Ich freute mich wahnsinnig, sie wiederzusehen, und stellte, so schnell es ging, mein klappriges Fahrrad ab. Ich war jedoch so aufgeregt, dass ich beim Absteigen beinahe mit meinem Rad umgekippt wäre.

»Hoppla!«, murmelte ich leise.

Das war ja gerade noch einmal gut gegangen. Schnell sah ich mich um und betete, dass niemand meinen peinlichen Auftritt mitbekommen hatte – vor allem Emily nicht. Sie sollte auf keinen Fall den Eindruck bekommen, dass ihr bester Freund ein Bohnenjockel war.

»Huhu, Emily!«, rief ich ihr zu.

Als sie den Kopf in meine Richtung drehte und mich sah, rannte sie sofort auf mich zu. Wir begrüßten uns mit einer liebevollen Umarmung und einem zärtlichen Kuss auf die Wange. Mir wurde ganz warm und ich fühlte die Gesichtsröte in mir aufsteigen.

Emily trug ein elegantes blaues Cocktailkleid. Es gefiel mir sehr. Ihre prächtigen Haare glitzerten im Licht des aufgehenden Mondes wie Feenstaub und ihre mit dezentem Make-up verzierte Gesichtshaut war so zart wie hauchdünn geraspelte Schokoladenflöckchen. Emily war anmutiger als ein tropischer Orchideengarten und ich war unglaublich stolz darauf, dass sie meine Freundin war.

»Du siehst wunderschön aus in deinem Kleid«, sagte

ich schüchtern. Dabei wippte ich nervös auf den Zehenspitzen auf und ab.

»Danke für diese schmeichelhafte Anerkennung. Jetzt lass uns aber essen gehen, ich bin hungrig!«, erwiderte sie.

Ich winkelte den rechten Arm an, damit sie sich bei mir unterhaken konnte. Dann betraten wir das Restaurant. Es roch stark, aber nicht unangenehm nach gebratener Ente, Ingwer, Koriander und Knoblauch. Mir lief bereits das Wasser im Mund zusammen und so freute ich mich sehr, dass uns der Oberkellner, ein kleiner Chinese mit dickem Bauch, zügig zu unserem Tisch führte. Meine Aufregung war so groß, dass ich mittlerweile ein ganz blümerantes Gefühl in der Magengegend verspürte, aber vielleicht war ich auch einfach nur hungrig? Das Restaurant machte jedenfalls einen guten Eindruck, typisch chinesisch, was die Ausstattung betraf, und die exotische Atmosphäre war authentisch fernöstlich. Es waren sogar einige chinesische Musiker im Restaurant und spielten Lieder auf ihren traditionellen chinesischen Instrumenten. Das war wirklich eine traumhafte und mir nicht unbekannte Atmosphäre. Ich war nämlich schon oft auf Forschungsreisen in Asien gewesen und kannte mich daher bereits etwas mit dieser Kultur aus.

Der Kellner kam zügig mit der Speisekarte zurück und empfahl uns sogleich die exklusiven Spezialitäten des Tages, da diese nicht auf der Karte standen. Am Nachbartisch erhielten die Gäste bereits ihre Bestellung. Eine Köstlichkeit folgte der anderen. Was auch immer ihnen serviert wurde, sah sehr abenteuerlich aus. Der Tisch war voller kleiner Kupfertöpfchen, alles brodelte und zischte. Der Geruch war absolut überzeugend, und ich spürte, wie mein Magen immer lauter knurrte. Neugierig fragte ich den Kellner, um was es sich da am benachbarten Tisch handelte.

»Das sind die Feuertöpfe des roten Drachens, mein Herr«, antwortete er.

Ein Gericht mit verschiedenen Fleischsorten und Soßen. Eigentlich wollte ich genau dieses Gericht bestellen, leider konnte ich deutlich riechen, dass bei diesen Feuertöpfen Knoblauch zum Einsatz gekommen war – und das nicht gerade sparsam. Da ich keine Lauchgewächse vertrage, bestellte ich das, was ich immer esse: gebratene Ente mit Orangensauce. Nachdem ich meine Bestellung aufgegeben hatte, wandte sich der Kellner Emily zu. Sie holte gerade Luft und fing an, ihr Essen zu bestellen: »Ich hätte gerne die …«, als ihr der Kellner abrupt ins Wort fiel. Der kleine Chinese versuchte tatsächlich, Emily zunächst die gesamte Speisekarte zu erläutern, obwohl sie bereits wusste, was sie essen wollte. Sie war längst genervt und unterbrach ihn mehrfach, jedoch ohne Erfolg. Er ignorierte sie und fing dann erneut an, etwas über die Spezialitäten des Hauses zu erzählen.

Auf diese Weise kann man mit Emily nicht umspringen. Nicht wenn sie Hunger hat! Sie ist dann so reizbar wie ein Kaffernbüffel in der Paarungszeit und so aggressiv wie ein Grizzlybär, der den schmackhaften Kadaver eines Wapitis selbst dann mit seinem Leben verteidigen würde, wenn dieser zur Hälfte verrottet wäre.

An ihrer Miene erkannte ich, dass sie keine Geduld mehr hatte und bereits mit dem Gedanken spielte, diesen Kellner zu verspeisen. Er war wirklich impertinent, und ich gab ihm mit einem unmissverständlichen Blick zu verstehen, dass uns die Speisekarte nicht mehr interessierte, um die Situation zu entschärfen.

Endlich konnte Emily ihre Bestellung aufgeben. Sie entschied sich für eine pikante Gemüsesuppe und Hühnerfleisch mit Currysauce. Um die Wartezeit angenehmer zu gestalten, erzählte ich ihr in einer Kurzfassung, wie mein Leben in den letzten Jahrzehnten verlaufen war. Insbesondere berichtete ich davon, wie ich Professor geworden und mit Wendy, meiner Traumfrau, zusammengekommen war.

Als das Essen dann nach einiger Zeit endlich auf dem Tisch stand, begannen wir nach Herzenslust zu schlemmen. Die Speisen schmeckten ausgezeichnet und wir kamen intensiver ins Gespräch. Emily bedankte sich noch einmal dafür, dass ich ihr seinerzeit einen Platz im Café angeboten und ihr Gesellschaft geleistet hatte. Wir unterhielten uns über dieses und jenes und kamen im weiteren Verlauf auf das Thema Heirat zu sprechen. Ich fragte Emily, ob sie im Oman einen Ehemann hatte.

Eine so bezaubernde und wunderschöne Frau wie Emily muss doch ganz sicher unzählige Verehrer dort gehabt haben.

Diese Gedanken sprach ich aber nicht laut aus. Zu meinem Erstaunen sagte sie mir, dass sie momentan nicht vergeben sei. Das fand ich sehr schade, da ich ihr von Herzen eine erfüllte Liebesbeziehung gewünscht hätte.

»Es gab da den Ahmet, einen jungen Mann in meinem

Alter. Wir waren beide Mitte zwanzig und ich machte gerade meine ersten sexuellen Erfahrungen mit dem anderen Geschlecht. Ahmet war ein großgewachsener Bursche mit langen schwarzen, lockigen Haaren und man konnte ihn zu Recht als sportlich gebaut bezeichnen. Er war der Palastlieferant für Oliven, Schafskäse, Wolle und Fladenbrote und interessierte sich für mich. Jedes Mal, wenn wir uns begegneten, sah er mich mit seinen haselnussbraunen Augen auf diese ganz spezielle Weise an. In seinem Blick glaubte ich stets Sehnsucht und loderndes Feuer zu erkennen. Irgendwann besuchte er mich häufiger im Palast und es wurde ernster mit uns. Nach einigen Monaten fanden wir uns in einer leidenschaftlichen Romanze wieder. Für mich fühlte es sich an wie die große Liebe. Mir bedeutete das sehr viel, da ich nicht mehr davon ausging, dass ich meine alte Heimat England jemals wiedersehen würde. Irgendwann stand für mich fest, dass ich weiter im Oman leben und auch sterben würde. Also wollte ich das Beste aus meiner Situation machen und versuchte sogar, meine Vergangenheit in England zu vergessen, auch wenn es sehr schmerzte.«

Mit offenem Mund saß ich Emily gegenüber und hoffte, dass ich keine Essenreste zwischen den Zähnen hatte, als ich es bemerkte. Es fiel mir schwer, das von ihr Gesagte zu kommentieren, war ihre Geschichte doch sehr ereignisreich und exotisch, wenn man das überhaupt so sagen konnte.

»Warst du denn im Oman mit Ahmed verheiratet?«, fragte ich.

»Nein, Oscar. Zur Hochzeit kam es nicht. Unsere Beziehung endete im absoluten Chaos. Mein Verflossener

ist mit Nadira, der adretten Tochter des Emirs, durch-
gebrannt. Er hat mich einfach sitzen lassen – für eine Frau,
die sich anderen Männern so schnell und gern anbot wie
eine Kurtisane im Hafenviertel von London. Offenbar
war ich für ihn auch nur ein erotisches Abenteuer oder so
etwas wie eine Jagdtrophäe.«

*Das muss unfassbar schlimm gewesen sein. Dieser Moment,
wenn du realisierst, dass dich die wichtigste Person in deinem Leben belogen und hintergangen hat. Ein Mensch, dem
du dein volles Vertrauen geschenkt, den du leidenschaftlich
geliebt und mit dem du eine gemeinsame Zukunft geplant
hast. Und dieser Mensch hat gerade dein Leben zerstört.*

Ich konnte nicht verstehen, warum eine so liebenswürdige
Person wie Emily eine solch schlimme Behandlung hatte
erfahren müssen. Das machte mich wütend. Aber eine
Sache wusste ich ganz sicher: Diese Frau wurde mir
immer sympathischer. Ihre zarte Stimme, die zerbrech-
liche Erscheinung und dieses ganz besondere, ehrliche
und kindliche Lächeln, das man nur zu sehen bekam,
wenn sie sich wohlfühlte und aus vollem Herzen glück-
lich war. Manchmal erwischte ich mich dabei, wie ich sie
beim Reden einfach nur verträumt ansah. Es war jedoch
keiner dieser verliebten und von schmerzlicher Sehnsucht
erfüllten Blicke. Nein, ich erfreute mich lediglich an diesem Moment und dieser wundervollen Frau. Es war eine
Tatsache: Wir verstanden uns prächtig, daran bestand kein
Zweifel, auch wenn viel Energie unterschiedlicher Art und
Herkunft zwischen uns floss.

Meiner Meinung nach hatte Emily viel durchgemacht,

lebte eher zurückgezogen, war verschlossen und etwas schüchtern. Wenn es die Situation erforderte, konnte sie aber auch sehr resolut sein, das spürte ich. Darüber hinaus erkannte ich bei ihr Neugier, Zuverlässigkeit, Ehrlichkeit, Tiefsinnigkeit und Feingeistigkeit. Diese Eigenschaften schätzte ich grundsätzlich sehr. Das gefiel mir also ausgesprochen gut. Ebenso hatte ich den Eindruck, dass sie prima zuhören und Situationen recht gut einschätzen konnte.

Leider war ich mir nicht sicher, wie sie über mich dachte und was sie von mir hielt. Mochte sie mich auch noch so sehr wie früher oder war sie einfach nur höflich und freundlich? Sie hatte mich eine sehr lange Zeit nicht gesehen und vielleicht hatten wir uns in verschiedene Richtungen entwickelt? Von Emily kamen dazu praktisch keine Signale, die eine brauchbare Einschätzung der Situation ermöglicht hätten. Unweigerlich machte ich mir daher meine Gedanken und grübelte vor mich hin.

Ist es eine wechselseitige und aufrichtige Sympathie? Erzeugt meine Überschwänglichkeit vielleicht Irritationen? Ist zu viel Enthusiasmus meinerseits vielleicht falsch? Nein, unmöglich! Etwas, das sich so schön anfühlt, kann doch nicht falsch sein. Oder etwa doch?

Letztlich fiel es mir sehr schwer, Emily einzuschätzen.

Hier möchte ich eine kurze Pause einlegen und mehr darüber erzählen, welche Erfahrungen ich in der Vergangenheit mit Verständigung und Missverständnissen gemacht hatte.

In meinem Leben hatte es bereits einige enttäuschende Erlebnisse gegeben. Ich war falschen Menschen auf den Leim gegangen, denen ich viel zu früh vertraut hatte. Es gab allerdings auch tragische zwischenmenschliche Unglücke, ausgelöst durch ausgeprägte Kommunikationsdefizite.

Manchmal ist es wirklich nicht von Vorteil, wenn man zu viel denkt.

Meine frühere Kommilitonin Marie Johnson war mir diesbezüglich besonders im Gedächtnis geblieben. Zwischen uns hatte sich damals eine vielversprechende Freundschaft entwickelt und mein Bedürfnis, ihr gefallen zu wollen, war groß. Ich fand sie sehr sympathisch und fasste langsam echtes Vertrauen zu ihr. Über diese aussichtsvolle Freundschaft freute ich mich so sehr, dass ich ihr bei jeder sich bietenden Gelegenheit sagte, was ich für sie empfand. Aufgrund unserer gemeinsamen Interessen verbrachten wir zwischen den Vorlesungen viel Zeit miteinander, und ich war mir eigentlich sicher, dass sie mich ebenfalls sehr mochte und ich ihr am Herzen lag. Zumindest dachte ich das. Ich empfand diese Freundschaft als sehr tief, leidenschaftlich, stark und intensiv. Bei Marie konnte ich so sein, wie ich wirklich war. Doch leider änderte sich ihr Verhalten mir gegenüber plötzlich und sie zog sich zurück. Was war nur passiert? Ihr rätselhaftes Verhalten trieb mich beinahe in den Wahnsinn. Hatte sie meine offen bekundete Zuneigung für ihre Person irrtümlich als sexuelle Begierde interpretiert? Spürte sie vielleicht, dass sie ebenfalls viel für mich empfand, und das machte ihr Angst, weil ich verheiratet war? Oder hatte ich sie enttäuscht?

Offenkundig gelang es ihr auch nicht, zu erkennen, dass ich ihr einen Teil meines Herzens geschenkt hatte und immer treu und loyal an ihrer Seite gestanden hätte. Oder hatte sie es vielleicht doch erkannt? Sie hielt mich dem Anschein nach wohl für einen Frauenhelden, der ich aber niemals war (allerdings musste man sich zunächst auf mich einlassen und mir vertrauen, um das zu erkennen). Sie hatte mich und mein Verhalten völlig falsch eingeschätzt, und sie zu verlieren war das Letzte, was ich wollte. Aber mit solchen Verhaltensinterpretationen war das so eine spezielle Sache, denn in derartigen Angelegenheiten, glänzte auch ich nie besonders gut, dennoch wollte ich immer wissen, warum Menschen die Dinge taten, die sie taten. Zeitweise lag diesbezüglich auch die Tierwelt im Mittelpunkt meiner Beobachtungen: So gab es da den Zwergpinscher-Rüden Mr Sweets. Er wohnte bei mir daheim auf dem gleichen Flur in der Wohnung gegenüber. Sein Frauchen, Mrs Abernathy, war eine ältere Dame und eigentlich sehr nett. Doch Mr Sweets war flegelhaft und fiel regelmäßig durch sein schlechtes Benehmen auf. Nur nicht in ihrer Nähe, da benahm er sich immer gut. Er war ein kleiner Teufel, der genau wusste, wie man jemanden um den Finger wickeln konnte. Bereits bei unserem ersten Zusammentreffen im Treppenhaus hatte mich dieser Hund angeknurrt und angebellt. Liebe auf den ersten Blick war das nicht gewesen und immer, wenn Mrs Abernathy nach dem Einkaufen vergaß, ihre Wohnungstür zu verschließen, dann lief Mr Sweets hinaus auf den Flur und kackte direkt vor die Eingangstür meiner Mietwohnung. Manchmal pinkelte er auch nur gegen den Türrahmen. Warum tat er das? Wollte er deutlich machen, was er von mir hielt, oder machte er einfach nur gern sein Häufchen vor meiner Wohnungstür? Ich glaube, Mr Sweets wusste genau, was er da tat. Es waren geplante und zielgerichtete Übergriffe. Mit diesem Markierungsverhalten wollte er mir zeigen, wer der Boss auf dem Hausflur war. Ein typisches Männerding also. Das war immerhin eine ehrliche und direkte Kommunikation. Interpretieren konnte man da nicht viel. Das hatte seinen Charme, wenn auch auf eine etwas skurrile Art.

Aber zurück zu Marie. Mein Interesse an ihr war jedenfalls nicht sexueller Natur, was eine bewusste und notwendige Entscheidung war, denn ich fand sie durchaus attraktiv. Als Mann war es schließlich biologisch gesehen völlig normal, dies bei einer Frau – wenn auch unbewusst – zu bewerten, und ich hatte meinem Verhalten daher keine große Bedeutung beigemessen. In letzter Konsequenz waren es sowieso die inneren Werte eines Menschen, die anziehend auf mich wirkten.

Leider machte Marie sich zunächst nicht die Mühe, in mein Herz zu blicken und meine gutmütige Seele kennenzulernen. Zugegeben, durch mein extrovertiertes Verhalten und selbstsicheres Auftreten wirkte ich auf sie vielleicht wie ein Mann, der auf der Suche nach einem romantischen Abenteuer war. Doch die Wahrheit war eine andere. Tatsächlich versuchte ich, mit meinem großen Mundwerk, die häufig in mir aufsteigende Unsicherheit in ihrer Gegenwart zu überspielen. Ganz tief in meinem Inneren suchte ich dabei aber nur freundschaftliche Nähe, Spaß und Anerkennung. Hin und wieder allerdings, da zwang Maries bloße Anwesenheit meinen Körper dazu, in riesigen Mengen Hormone freizusetzen, und immer wenn das passierte, wurde mein Geist sinnlich erregt und versank in einer intensiven Schwärmerei, die mich in einem warmen und flauschigen Mantel, aus leidenschaftlichem Verlangen und einzigartiger Faszination für ihre Person, einhüllte. Auf diese Weise hatte die Natur mir regelmäßig ihre Macht demonstriert und durch biochemische Manipulation meines Gehirns versucht, mein Paarungsverlangen durch gesteigerte Zutraulichkeit und wundervolle Glücksgefühle zu aktivieren. Diese Anfälle von märchenhafter Bezauberung hielten jedoch nur für einige Tage an, und immer wenn sich danach der Nebel, der manchmal so dick wie Schlagsahne war, in meinem Kopf lichtete, spürte ich ein weiteres Mal, dass Liebe, die nicht sein durfte, sehr schmerzhaft sein konnte. Doch dank dieser Ereignisse hatte ich gelernt, dass es auch eine Liebe ohne offene Sexualität gab und dies durchaus ein sittlicher Gewinn war. Meine Gedanken waren in ihrer Gesamtheit jedoch nicht sündhaft, denn ich war mir letztlich immer der Grenzen bewusst, die in einer Freundschaft zwischen Mann und Frau bestehen, zumindest wenn ich wieder bei vollem Bewusstsein war … Leider gelang es mir nicht, Marie davon zu überzeugen. Wir stritten uns und sagten Dinge, die wir später tief bereuten.

Ohne es zu wissen, hatte sie einen der größten Fehler ihres Lebens begangen und eine Freundschaft mit großem Potenzial durch ihre Finger rinnen lassen. Da war ich mir sicher. Doch sie war offenbar fest davon überzeugt, richtig zu handeln. Vielleicht war sie auch davor gewarnt worden, sich mit einem verheirateten Mann einzulassen, und ruinierte dann alles, ohne zwischen Freundschaft und Romanze zu differenzieren? Möglicherweise hatte sie aber auch Angst, dass sie stärkere Gefühle für mich entwickeln und meiner männlichen Anziehungskraft nicht widerstehen könnte? Wobei eine solche Angst unbegründet gewesen wäre. Natürlich genoss ich jedes sanfte Küsschen auf die Wange, jede Umarmung und auch das zärtliche Streicheln an der Schulter oder am Rücken. Aber nur um die Wärme und tiefe freundschaftliche Verbundenheit zueinander auszudrücken, nicht mehr.

Letztlich blieb es also bei endlosen Spekulationen, und ich erkannte, dass es sehr gefährlich sein konnte, wenn man glaubte, zu wissen, was andere Menschen vermeintlich dachten oder fühlten. Doch die wichtigste Frage blieb unbeantwortet: Was hatte ich falsch gemacht?

Im Ergebnis war es damals jedoch zu spät, unsere freundschaftliche Beziehung zu retten. Maries Verhalten signalisierte Ablehnung auf ganzer Linie. Als ich sie das letzte Mal in der Universitätsbibliothek sah, wich sie sogar meinen Blicken aus. Das tat sehr weh, und ich drehte mich enttäuscht um, damit sie meine Tränen nicht sehen konnte. Da stand ich nun vor den Trümmern unserer einstigen Freundschaft und war erstaunt darüber, dass ein paar Hormone und falsch verstandene Gesten ehrlicher Zuneigung ausreichten, um eine solche Katastrophe auszulösen. Doch ganz sicher war auch ich nicht frei von Schuld. Ich hatte mir nie die Mühe gemacht, darüber nachzudenken, ob es vielleicht so gewesen sein könnte, dass Marie Schwierigkeiten damit hatte, meine Motive einzuordnen und sich aus diesem Grund von mir entfernte. Dass ich einen Fehler gemacht hatte, hielt ich dennoch lange Zeit für ausgeschlossen. Generell war ich nur sehr selten der Ansicht, dass ich Fehler machte. Es waren immer die Menschen um mich herum, die Dinge falsch machten. Auf Ansprüche anderer nahm ich häufig keine Rücksicht und zeitweise hatte ich sogar das Gefühl, dass ich wichtiger und wertvoller war als meine Mitmenschen. Diese Selbstherrlichkeit hasste ich, sie machte mich hässlich, doch sie war immer schon ein Teil von mir, und ich kämpfte jeden Tag dagegen an, um dieser Selbstsucht nicht die Kontrolle über mein – eigentlich sehr liebevolles – Wesen zu überlassen. Dazu kam, dass ich in meinem bisherigen Leben zu oft lieber die Flucht ergriffen hatte, anstatt mich meinen Problemen und Ängsten zu stellen. Ich hatte also auch einige Charakterzüge, auf die ich nicht besonders stolz war.

Glücklicherweise konnten Marie und ich unsere Differenzen später beilegen, lernten, uns zu verstehen, und fanden wieder zusammen. Letztlich wurden wir doch noch gute Freunde. Diese Angelegenheit lehrte mich, dass die schönste aller Blumen, die Blume der Freundschaft, selbst auf einem Misthaufen erneut wachsen und gedeihen konnte. Und die Blume war sogar kräftiger und schöner als vorher, denn Stallmist war bekanntlich ein nährstoffreicher Dünger.

An diesem Abend wollte ich Emily meine Gefühle aber zunächst nicht offenbaren. Dies nur aus Angst, die Fehler meiner Vergangenheit zu wiederholen. Ich vermutete jedoch, dass sie meine Begeisterung für ihre Person spüren konnte, und hoffte, dass ihre weibliche Intuition ihr schon das Richtige vorgeben würde. Nur was würde ihr Instinkt ihr raten?

Zu häufig hatte ich in meinem sozialen Umfeld bereits erlebt, dass selbst gestandene Frauen kaum freundschaftlich mit Männern umgehen konnten. Oft war es ein höchst unnatürlicher Umgang, geprägt von unterschiedlichsten Komplexen, was für mich stets ein großes Mysterium darstellte. War eine falsche psychosoziale Entwicklung die Ursache dafür oder lag es an einer falschen Erziehung? Im Freundeskreis meiner Frau gab es einige Damen aus dieser Kategorie. Auch bei Familientreffen erlebte ich einige Vertreterinnen des schönen Geschlechts, deren Vermeidungsverhalten Männern gegenüber so stark ausgeprägt war, dass ein natürlicher Umgang im freundschaftlichen Rahmen kaum möglich war.

In den Köpfen vieler Frauen steckt offenbar eine stark überzogene Angst vor typisch männlichem Verhalten in Verbindung mit dem klischeehaften Bild vom brutalen, treulosen und sexgierigen Mann. Anders kann ich es mir nicht erklären.

Es war jedenfalls schwer, gegen solche tief verwurzelten Vorurteile anzukommen. Mir taten diese Frauen immer sehr leid, und ich konnte nicht verstehen, warum es so sein musste, wie es war. Solche Dinge trieben mich um, und ich versuchte zu ergründen, wo das Problem lag. Sicherlich gab es Männer, die das typische Klischee bedienten, doch das konnte man nicht verallgemeinern und damit ein komplettes Geschlecht vorverurteilen. Schließlich gab es auch unter den Frauen Exemplare, die nicht gerade als Engel der Unschuld durchgegangen wären.

Aus genau diesem Grund bin ich der Meinung, dass sich beide Geschlechter einzig mit dem Charakter des Gegenübers auseinandersetzen und sich von Mensch zu Mensch

auf Augenhöhe begegnen sollen. Dazu gehören auch Tole-
ranz und Verständnis für die geschlechterspezifischen Ver-
haltensweisen und Unterschiede des anderen. Männer und
Frauen denken und handeln unterschiedlich, sie können sich
sexuell anziehen und sich ineinander verlieben, so hat es die
Natur vorgesehen. Dafür sollte man sich aber nicht schä-
men müssen, auch nicht, wenn es nur einseitig passiert. Es
handelt sich dabei zunächst einmal um einen biologischen
Vorgang, bei dem wir einfach nur unserer Natur folgen.
Wer versucht, dies zu negieren, hat nicht verstanden, was
Leben bedeutet. Für mich ist es zudem selbstverständlich,
dass sich Frauen und Männer gegenseitig respektieren und
unterstützen. Beide Geschlechter sollen als starke Einheit
zusammenwirken, sich nicht voneinander distanzieren und
auch keine Angst voreinander haben.

Als grundsatz- und prinzipientreuer Mann war mir die
Gleichstellung von Mann und Frau schon immer sehr
wichtig. Im Unterschied zu vielen meiner Geschlechts-
genossen hatte ich eine Abneigung gegen jede Form der
Herabwürdigung oder Unterdrückung von Menschen im
Allgemeinen und Frauen im Speziellen.

Besonders verabscheute ich opportunistisches Verhalten zum Nachteil des weiblichen Geschlechts. Mein
Benehmen hielt ich daher stets für ausgezeichnet. Allerdings machte mir meine angeborene Hochsensibili-
tät bei der zwischenmenschlichen Verständigung häufig
schwer zu schaffen, und obwohl ich dieses Temperaments-
merkmal häufig verfluchte, wollte ich es nie verlieren,
denn es machte mich zu etwas Besonderem. Durch eine
stark erhöhte sensorische Verarbeitungssensitivität fühlte

und dachte ich sehr viel intensiver als die meisten anderen Menschen. Auch mein sehr starker Sinn für Details, meine erhöhte psychische Verletzbarkeit und die für mich sehr wichtige persönliche soziale Kommunikation stellten mich oft vor große Herausforderungen. Aber wer sich die Mühe machte, mich besser kennenzulernen, würde meinen freundschaftlichen Wert erkennen. Menschen, die mir nahestanden, hätten mich als aufgeschlossen, neugierig, zuverlässig, mitfühlend, spontan, treu, beständig und loyal bezeichnet. Zudem war ich sehr warmherzig, gutmütig und gefühlvoll. Doch nun zurück zu Emily.

Trotz unserer verschiedenen Persönlichkeiten war das Interesse an Emily ungebrochen. Insbesondere weil die persönlichen Kompetenzen, die individuellen Persönlichkeitsmerkmale und Charaktereigenschaften für mich das Salz in der Suppe waren und eine freundschaftliche Beziehung erst aufregend und energetisch machten. Überdies war ich mir sicher, dass sich mit Emily etwas entwickelte, das ich in ferner Zukunft als einen echten Zugewinn für mein Leben bezeichnen würde.

DER NEUE ALLTAG

MAI 1927

Der Sommer kündigte sich an und der amerikanische Pilot Charles Lindbergh hatte mit seinem Langstreckenflugzeug, der Spirit of St. Louis, gerade ohne Zwischenlandung den Atlantik überquert. Auf der Welt herrschte eine regelrechte Aufbruchstimmung.

Emily fand nach ihrer Heimkehr ziemlich schnell eine Anstellung im britischen Gesundheitswesen und wurde als Krankenpflegeassistentin im Hospital direkt gegenüber meiner Wohnung in Cambridge eingesetzt. Ihr gefiel diese Tätigkeit sehr, denn Geduld und Hilfsbereitschaft hatten schon immer zu ihren Stärken gehört.

Nach der langen Zeit der Trennung beschlossen Emily und ich, dass wir unsere Freundschaft fortan intensiv pflegen würden. Dienstags und donnerstags verbrachten wir daher für gewöhnlich unsere Mittagspause zusammen. Emily liebte dieses kleine gemütliche italienische Bistro an der Ecke. Es hieß Da Vincenzo, aber die Leute nannten es einfach nur »Vince«. Es lag direkt gegenüber der Straßenbahnstation am Hospital. Wir kehrten oft dort ein und wenn es Emilys Zeit erlaubte, bestellte sie fast immer die Tramezzini Prosciutto e Funghi mit extra Schinken. Ihr Lieblingskellner Francesco, der ganz sicher niemals ohne

77

polierte Schuhe, Goldkettchen am Handgelenk und ausreichend Pomade im Haar aus dem Haus ging, begrüßte sie stets mit den Worten: »Buon pomeriggio, signora!«

Darauf stand sie total. Das erkannte ich an ihrem leicht verlegenen Lächeln, wenn Francesco wieder einmal eine neue Charmeoffensive startete. Offenbar hatten nur Italiener diese ganz spezielle »Schmelz-Wirkung« auf das weibliche Geschlecht. Frauen verhielten sich dann wie ein Stück Kuvertüre beim Sonnenbaden. Als ich es einmal versuchte und Emily mit dieser schmalzigen »italienischen Methode« begrüßte, sah sie mich nur regungslos an und zog wieder ihre linke Augenbraue hoch. Ich gab mir die größte Mühe und versuchte, authentisch zu wirken, doch Emily lächelte nur und erteilte mir mit ihrem Blick eine unmissverständliche Abfuhr. Diese Mimik, die manchmal auch von einem leichten Kopfschütteln begleitet wurde, kannte ich inzwischen nur zu gut von ihr.

Somit hatte ich auch in diesem Fall die Bestätigung dafür erhalten, dass mir dieses »südländische Talent« ganz offensichtlich fehlte. Francesco machte diesbezüglich wohl etwas grundlegend anders, jedenfalls benahm er sich in Gegenwart einer anmutigen Frau jedes Mal schleimiger als Schneckenkaviar, so viel stand fest.

Ich konnte diesen Typen nicht ausstehen. In meinen Augen war Francesco ein doppelzüngiger Glotzbock, und es störte mich, dass er Emily ständig poussierte. Was bildete sich dieser ranzige Schmierlappen nur ein? Emily spielte in einer ganz anderen Liga als er. Sie war eine Frau von Format und besaß echte Klasse. Immer wenn ich sah, wie er mit ihr schäkerte oder neckische Späße mit ihr machte, wurde mir ganz übel. Als Mann erkannte ich seine Versuche, Emily zu umgarnen, und als Freund wollte ich sie vor einem solchen Schlawiner beschützen. Wenigstens bereitete er die Tramezzini für sie stets ohne Pilze zu, denn die mochte Emily nicht. Ich bestellte mein Rinder-Carpaccio immer mit frischem, lauwarmem italienischem Weißbrot, dazu Kapern und grünen Spargel. Das war eine sehr verrückte Zusammenstellung, die sonst niemand dort bestellte. Nur Emily und Francesco kannten diese Vorliebe von mir. Diese Tatsache sollte noch wichtig werden.

Nach dem Essen unternahmen Emily und ich für gewöhnlich noch etwas zusammen, hatten Spaß bei Gesellschaftsspielen oder unterhielten uns über Gott und die Welt. Wir schätzten jeden Augenblick unseres freundschaftlichen Beisammenseins ganz besonders. Denn im Bewusstsein der eigenen Sterblichkeit und Einflusslosigkeit erkannten wir beide den wahren Wert von Freundschaft. Die Reise des Lebens konnte schneller ihr Ende finden, als uns lieb war. Daher wollten Emily und ich unsere gemeinsame Zeit nutzen und einfach nur leben. Wir genossen unsere besondere Verbindung und taten, ohne großartig etwas hinauszuschieben, wonach uns der Sinn stand.

DER REITAUSFLUG

Heute stand endlich unser gemeinsamer Reitausflug zum Picknick in das Naherholungsgebiet Grantchester Meadows an. Emilys Tante bewirtschaftete dort mit ihrem Mann eine kleine Farm, auf der sie seit Generationen englische Vollblüter züchtete. Emily hatte im Oman viel Erfahrung im Umgang mit Pferden gesammelt und fühlte sich auf dem Hof ihrer Tante daher sichtlich wohl. Der Emir war, was nur wenige Menschen wussten, Besitzer zahlreicher edler Araber, und Emily hatte diese kostbaren Tiere damals häufig zureiten dürfen. So überraschte es mich auch nicht, als Emily ganz souverän und selbstbewusst auf ihr Pferd stieg. Es war eine prachtvolle Schimmelstute die auf den Namen Quendolin hörte. Ich hingegen hatte noch nie auf dem Rücken eines Pferdes gesessen, und es gelang mir auch nicht, diese Tatsache zu verbergen. Emily gab mir an diesem Tag einen Rappen für den Ausritt, sein Name war Alistair, glücklicherweise ein Wallach. Mähne, Schweif und Fell waren so schwarz wie die Nacht. Das Pferd war riesig und machte keinen besonders freundlichen Eindruck.

Emily rief zu mir herüber: »Oscar, jetzt steig endlich auf das Pferd. Wir müssen los, ich möchte vor Sonnenuntergang zurück sein!«

Kein Problem, dachte ich mir und versuchte aufzusteigen, leider sah es bei Emily leichter aus, als es tatsächlich war. Mir gelang es nicht einmal, meinen Fuß in den Steigbügel zu bekommen, weil dieser ständig hin und her pendelte. Emily eilte mir jedoch zu Hilfe und stellte vor meinem Pferd einen alten Holztritt auf. So schaffte ich es selbst mit meinen steifen Knochen, endlich einen Fuß in den linken Steigbügel zu bekommen. Nun galt es noch, das Problem mit dem Schwung und der Schwerkraft zu lösen, aber Emily half auch hier bereitwillig weiter. Sie umfasste meinen Hintern mit beiden Händen und schob mich hinauf, sodass ich endlich auf dem Sattel Platz nehmen konnte.

Als ich dort oben auf dem Rücken dieses Pferdes saß, verspürte ich allein aufgrund der Höhe leichte Panik, ich zitterte und mir war übel. Ich war starr vor Angst, als das Pferd einige Schritte machte, konnte mich kaum bewegen und verkrampfte mich. Dieser verrückte Gaul spürte wohl meine Angst und überhörte alles, was ich zu ihm sagte, mit einer beispiellosen Gleichgültigkeit; und als Alistair bei jedem Mal, wenn ich mit meinem Hintern nervös auf dem Sattel hin und her rutschte, anfing zu bocken, wusste ich, dass Pferde auch Schadenfreude empfinden konnten. Emilys Pferd folgte jedoch auf dem Fuße, da sie die Pferde mit einer Longe verbunden hatte. Das gab mir das dringend benötigte Gefühl einer gewissen Sicherheit, auch wenn mir bewusst war, dass dieses Pferd eigentlich mit mir ausritt und nicht umgekehrt.

Vor Emily wollte ich natürlich keine Angst zeigen und eine gute Figur machen. Daher versuchte ich, mich so zu verhalten wie die Cowboys in den amerikanischen

Western: Kopf hoch, Brust raus! Locker und lässig versuchte ich, mich im Sattel zu halten, zuckte jedoch immer zusammen, wenn das Pferd schnaubte. Emily durchschaute mich sofort und konnte sich ein breites Grinsen nicht verkneifen.

Auch wenn wir langsamen Schrittes unterwegs waren, kam es mir vor wie der schnellste Galopp, und ich glaubte, seekrank zu werden. Umso mehr freute ich mich bereits auf unser Picknick, um endlich für einige Stunden von diesem Pferd erlöst zu werden. Nach einiger Zeit erreichten wir eine kleine Lichtung am Waldrand, dort stand eine große alte Eiche. Es war ein wunderschöner und anmutiger Baum.

Was mag dieser uralte Baum schon alles mit angesehen haben?

Emily hielt die Pferde an, stieg von ihrer hübschen Schimmelstute ab und unterstützte mich beim Absitzen. Wir breiteten eine große Decke aus, die wir von Emilys Tante bekommen hatten. Es war eine häufig genutzte Picknickdecke mit roten und weißen Streifen, die bereits einige kleine Löcher aufwies, aber das störte uns nicht weiter. Wir setzten uns im Schneidersitz auf die Wolldecke und machten es uns unter der schattenspendenden Eiche gemütlich. Emily bereitete uns zwei prachtvolle Äpfel vom Apfelbaum ihres Onkels zu. Die Äpfel waren genau nach unserem Geschmack: klein, fruchtig, saftig und mit festem Fruchtfleisch. Sie waren wirklich lecker, doch ich musste mich vorsehen, denn ich litt seit vielen Jahren unter einem nervösen Darm, der sich nach dem Verzehr von süßem

Obst häufig so explosiv entleeren wollte wie eine große Gerölllawine in den Alpen, die sich mit Gewalt ihren Weg ins Tal suchte. Doch ich entspannte mich bei Emily zusehends und mein Verdauungstrakt dankte es mir, indem er friedlich blieb.

Es war eine wunderbare Atmosphäre und die Luft war für den beginnenden Herbst noch vergleichsweise warm. Aus sämtlichen Richtungen hörten wir die Vögel zwitschern und bekamen regelmäßig Besuch von geschäftigen Bienen und fülligen Hummeln. Die Luft roch nach den verschiedensten Blumen und eine leichte Brise sorgte für ein gemütliches Wohlfühlklima. Ich legte mich neben Emily, schloss die Augen und war für einen Moment frei von allen Gedanken, kurz darauf begann Emily mir etwas aus ihrer Zeit im Oman zu erzählen. Sie erzählte mir von ihrer Arbeit mit den Pferden, beschrieb die prunkvollen Stallungen des Emirs und meinte, dass die luxuriösen Türen der Pferdeboxen es ihr besonders angetan hatten, weil diese diagonale Streben aus purem Gold besaßen. Ich lauschte einfach nur ihren Worten und genoss den Augenblick. Meine durch das Reiten aufgebaute Anspannung löste sich langsam und ich konnte mich endlich einmal entspannen.

Emily fühlte sich in dieser vertraulichen Atmosphäre ebenfalls sichtlich wohl und erzählte mir noch mehr aus ihrem Leben der letzten Jahre. Als sie eine kleine Pause machte, nahm ich vorsichtig ihre linke Hand und drehte sie so, dass die Innenfläche nach oben zeigte.

»Bitte schließe deine Augen«, sagte ich zu Emily.

Ohne zu zögern, kam sie meinem Wunsch nach. Sie war so hübsch und liebreizend, dass ich die Gelegenheit nutzte und für einen Moment innehielt, um mich an ihrem Antlitz zu erfreuen. In ihr Lächeln hatte ich mich bereits während unserer Kindheit Hals über Kopf verliebt. Ein Blick von ihr genügte und ich spürte, wie mein Herz aus dem Takt geriet, und immer wenn sie lachte, kniff sie die Augen zusammen wie ein Karawanenführer inmitten eines Sandsturms und es bildeten sich diese ziemlich niedlichen Grübchen in ihren Wangen. Das erwärmte jedes Mal mein Herz, und als ich nach dieser kleinen Schwärmerei wieder zu mir kam, griff ich in meine Hosentasche. Ich holte das gravierte runde Metallstück heraus, das ich immer bei mir trug, und legte es in ihre Hand.

»Du kannst deine Augen jetzt wieder öffnen!«, sagte ich.

Als Emily sah, was ich in ihre Hand gelegt hatte, brach sie in Tränen aus, strich durch meine Haare und gab mir einen innigen Kuss auf die linke Wange. Dieses unscheinbare Metallstück hatte sie mir einmal geschenkt, als wir noch Kinder waren. Darauf waren die Worte »Lieber Oscar! Unsere Freundschaft ist der Stern am Firmament, der am hellsten von allen leuchtet! Deine Emily« graviert.

»Ich habe dich niemals vergessen, liebe Emily!«, sagte ich schluchzend.

»So wie ich dich niemals vergessen habe, Oscar, mein treuer Freund!«

Um unser Wiedersehen zu zelebrieren, teilten wir uns brüderlich eine Tafel Schweizer Schokolade. Wir zerbrachen die Tafel in kleine Stückchen und ließen diese langsam auf unseren Zungen zergehen, damit sich der aromatische Geschmack voll entfalten konnte. Es war ein Genuss!

Nachdem wir fast die gesamte Mittagszeit angenehm

geplaudert hatten, schreckte Emily plötzlich hoch und sah auf ihre neue Uhr, eine sehr elegante Damenarmbanduhr mit Emaille-Zifferblatt und kunstvoll verziertem Schmuckarmband.

Sie schrie: »Es ist gleich halb fünf, wir müssen los!«

Emily half mir wieder beim Aufsteigen, und dann ging es auch schon los, dieses Mal allerdings deutlich schneller im Galopp. Ich hatte Fracksausen und schrie die ganze Zeit. Wir ritten so schnell, dass sich sogar Insekten zwischen meinen Zähnen verfingen. Das Gelände war unwegsam und überall ragten die Wurzeln der zahlreichen Bäume aus dem Boden empor. Ich hatte kein gutes Gefühl dabei, traute mich jedoch nicht, es Emily zu sagen. Bei dem Tempo hätte sie mich aufgrund der Windgeräusche ohnehin kaum hören können. Als die Pferde dann auch noch stolperten, beschlich mich eine dunkle Vorahnung. Die Tiere schnaubten wie wild, Alistair atmete immer schneller, und ich spürte, wie sich seine Muskeln verkrampften. Auf dem Weg vor uns, nicht sehr weit entfernt von der Farm ihrer Tante, ragte eine massive große Wurzel aus dem feinsandigen Boden empor und spannte sich quer über die gesamte Breite des Reitpfades. Wir forderten unser Schicksal heraus. Ich konnte diesen Gedanken kaum zu Ende führen, da passierte es! Emily hatte die Wurzel übersehen, ihr Pferd stürzte und begrub sie zur Hälfte unter sich. Was ich in diesem Moment sah, wollte ich nicht wahrhaben. Ich war starr vor Furcht. Nach einer Schocksekunde sprang ich von meinem Pferd und eilte zu Emily, die auf dem Boden lag und sich nicht mehr bewegte. In diesem Augenblick realisierte ich, dass es ernst sein musste, sonst hätte sie sich längst wieder aufgerappelt.

»Bitte, Gott, sei gnädig mit uns, du darfst sie mir noch nicht nehmen, so darf es nicht enden«, flüsterte ich voller Panik.

Als ich Emily, die reglos auf dem Bauch lag, erreichte, war ich plötzlich wie benommen, mir wurde augenblicklich übel, ich zitterte wie ein unterkühlter Körper nach dem Eisschwimmen und empfand Traurigkeit und Wut zugleich.

»Hey, Emily, hörst du mich? Kannst du dich bewegen?«, rief ich laut.

Doch sie reagierte nicht. Ganz vorsichtig drehte ich sie auf den Rücken. Ich dachte mir nur: Oscar, alles hängt jetzt von dir ab. Du musst Ruhe und einen kühlen Kopf bewahren!

Ich riss mich also zusammen und versuchte, die Situation objektiv einzuschätzen. Daher suchte ich zunächst nach sichtbaren äußeren Verletzungen und achtete besonders auf Blutungen. Emily hatte mehrere ernste Verletzungen am Kopf und blutete etwas aus dem rechten Ohr und aus der Nase. An ihrem Hals konnte ich jedoch einen schwachen Puls spüren, was mich etwas beruhigte. Sie atmete noch, wenn auch flach. Das war ein weiteres gutes Zeichen. Behutsam rüttelte ich sie an der Schulter und plötzlich bewegte sie sich und stöhnte leise vor Schmerzen. Ich war dennoch erleichtert, denn es gab wieder Grund zur Hoffnung. Aber es war nur sehr schwer zu ertragen, dieses zierliche Wesen, schwer verletzt, schmutzig und hilflos, dort liegen zu sehen. Wenn es möglich gewesen wäre, hätte ich mit ihr getauscht.

Da ich dringend etwas tun musste, entfernte ich, so gut es ging, den Dreck aus ihrem Gesicht und bedeckte sie mit meiner Jacke, um sie warm zu halten. Nach Kräften bemühte ich mich, um ihr in diesem Moment beizustehen. Sie brauchte meine Hilfe, und für mich stand fest, dass ich auf sie aufpassen würde, ganz egal, was passierte.

Nach einiger Zeit kam Emily langsam wieder zu sich. Sie war sehr unruhig und aufgewühlt. Ich war mir sicher, dass sie bestimmt große Angst haben musste, also streichelte ich sie ganz vorsichtig an der Schulter und am Kopf. Das zeigte Wirkung, denn sie beruhigte sich spürbar. Mir war es besonders wichtig, ihr zu zeigen, dass sie nicht allein war. Sie sollte spüren, dass sich jemand, dem sie vertrauen konnte, um sie kümmerte. Unterdessen machte ich mir Gedanken, wie ich Emily sicher und schonend zur Farm ihrer Tante bringen könnte, schließlich wollte ich ihre Verletzungen nicht verschlimmern. Außerdem wurde es langsam dunkel und zunehmend kälter, sodass ich mir ernsthaft Sorgen zu machen begann, denn die Farm war noch mehrere Kilometer entfernt.

Gerade als ich darüber nachdachte, ob ich eine Transporttrage aus stabilen Ästen und der Picknickdecke bauen könnte, hörte ich in der Ferne das Geräusch von sich nähernden Pferden. So laut ich konnte, rief ich um Hilfe, und plötzlich verstummte das Geräusch der Pferdehufe, und ich hörte eine Stimme, die aus der Dunkelheit zu mir herüberdrang.

»Bleiben Sie an Ort und Stelle, ich bin gleich bei Ihnen!«

Es war eine ältere männliche Stimme, die allein dadurch eine gewisse Ruhe und Sicherheit ausstrahlte. Ich brauchte dringend Hilfe und hatte mich noch nie so sehr darauf gefreut, einem fremden Menschen zu begegnen.

Doch was ich getan hatte, war mit großen Gefahren verbunden. Hatte ich mit meinem Geschrei vielleicht Straßenräuber angelockt? Es war schon dunkel, Emily schwer verletzt und wir waren allein und unbewaffnet. Erst einen Monat zuvor war in diesen Wäldern eine junge Familie aus Birmingham überfallen worden. Den Mann und die Kinder hatten die Räuber auf eine Weise niedergemetzelt, die der rohen Gewalt eines Metzgers beim Zerteilen von Schlachtkörpern ähnelte, aber trotzdem außerhalb jeglicher Vorstellungskraft eines zivilisierten Menschen lag. An der Frau hatten sich die Räuber mehrfach vergangen, danach erwürgte man sie. Dieses blutige Massaker hätte jede kriminalwissenschaftliche Lehrveranstaltung zum Thema Brutalität bei Gewaltverbrechen zu einer harmlosen Kindergeschichte degradiert. Dieses schreckliche Schicksal wollte ich uns natürlich ersparen. Trotz alledem war ich gezwungen gewesen, dieses große Risiko einzugehen, um Emily zu retten. Doch ich hatte Gottvertrauen und hoffte auf das Beste. Aber für den Fall, dass wir eine unliebsame Begegnung mit Räubern haben sollten, wollte ich vorbereitet sein und suchte mir in weiser Voraussicht einen massiven Knüppel im Unterholz. Egal, was auch passieren sollte, ich würde Emily mit meinem Leben verteidigen.

Meine Anspannung legte sich, als ich in einiger Entfernung das warme Licht von zwei Kutschenlampen entdeckte. Etwas später konnte ich auch die Umrisse einer Pferdekutsche erkennen. Es war ein Zweispänner, der eine größere Transportkutsche zog, und es dauerte nur wenige Augenblicke, bis uns das Gespann erreichte. Der Kutscher stieg von seinem Bock ab und lief zu Emily und mir herüber. Es war ein sehr freundlicher und hilfsbereiter älterer Herr ungefähr Mitte sechzig. Er trug einen abgescheuerten schweren Kutschermantel aus dunklem Leder und einen Lederhut mit breiter Krempe. Als ich ihm erzählte, was passiert war, und er die Verletzungen von Emily sah, meinte er: »Sie haben Glück, ich habe heute Handelsware in die Grafschaft Hertfordshire geliefert. Meine Kutsche ist nun leer, wir können ihre Freundin hinten auf die Ladefläche legen, dann fahre ich Sie in das St. Maria Hospital nach Cambridge. Das liegt am nächsten.«

Ich bedankte mich bei ihm, dann half er mir dabei, Emily auf die Ladefläche seiner Kutsche zu legen. Wir betteten sie vorsichtig auf den Rücken, den Kopf in Fahrtrichtung. Die Picknickdecke legte ich zusammengerollt unter ihre Knie und deckte sie mit meiner Jacke zu. Dann fuhren wir los.

Die ganze Fahrt saß ich im Schneidersitz neben Emily und wachte über sie. Ihr Gesicht war kalt und bleich, nicht wie sonst mit diesem vornehmen und zarten Rosé-Teint. Sie hatte Schmerzen, das konnte ich sehen. Ich wollte ihr beistehen und streichelte ihre rechte Wange, da spürte ich auf einmal, wie sie nach meiner Hand griff. Sie hatte nach dem Unfall kaum Kraft, dennoch drückte sie sie, so fest sie konnte. Ungeachtet der ernsten Situation schmeichelte es mir, zu spüren, dass sie in dieser Lebenslage meine Nähe fühlen wollte. Sie legte ihr Leben in meine Hände und ließ mir damit eine hohe Ehre zuteilwerden.

In der Vergangenheit hatte ich insgeheim daran gezweifelt, dass sie mir wirklich vertraute, und mich ständig darum bemüht, mich ihres Vertrauens würdig zu erweisen. Doch im Angesicht des Todes flogen meine

Zweifel auf den himmlischen Schwingen der Nächstenliebe davon, und was blieb, war ein wunderschöner Moment bedingungsloser Wärme, Güte und Zuneigung. Es
war ein starkes Gefühl innerer Verbundenheit.

Emily versuchte, mit mir zu sprechen, aber es war un-
deutlich und ergab für mich keinen Sinn. Sie hatte sogar
Mühe, die Augen offen zu halten, und verlor zwischendurch immer wieder das Bewusstsein. Ihr Gesicht wurde
immer blasser und das Leben entwich aus ihrem Körper.
Unter Tränen schrie ich dem Kutscher zu, er solle schneller
fahren. »Peitschen Sie die Pferde, wie Sie es noch nie in
Ihrem Leben getan haben!«, brüllte ich.

Es zählte jede Minute, das wusste ich. War jetzt der Moment gekommen, vor dem ich mich am meisten fürchtete?

»Ist dies der Moment, Abschied zu nehmen?«, fragte
ich Emily unter Tränen.

Ich erhielt jedoch keine Antwort mehr von ihr und begann mir vorzustellen, wie es wohl sein würde, wenn meine
beste Freundin nicht mehr da wäre. Vor meinem geistigen
Auge ließ ich noch einmal die schönsten Erinnerungen
unserer Freundschaft Revue passieren. Ich sah, wie wir
gemeinsam lachten, Witze erzählten und gemeinsam die
leckersten Restaurants der Stadt ausprobierten. Auch die
gemeinsamen Ausflüge würden mir sehr fehlen, und zu
wem sollte ich gehen, wenn ich wieder etwas anstellen
würde? Emily stand mir stets mit Rat und Tat zur Seite.
Und wenn sie Sorgen hatte, stand ich ihr bei. Selbst lange
Gespräche führte ich selbstlos und gern mit ihr. Sogar
wenn sie manchmal genervt war, weil ich zu viel plauderte,
gab ich immer mein Bestes, um ihr zu helfen.

Wir waren unablässig füreinander da, und nun sollte ich diesen für mich so wichtigen Stützpfeiler meines Lebens verlieren? Das wollte ich nicht akzeptieren!

Offenbar war das der Tribut, den Gott von mir einforderte, damit ich Emily noch einmal hatte wiedersehen dürfen.

DAS HOSPITAL

Der Kutscher trieb seine Pferde bis zum Äußersten und so erreichten wir zügig das Hospital im Süden von Cambridge. Direkt vor dem Haupteingang der Klinik bremste er vorsichtig, um zu verhindern, dass sich Emily weiter verletzte. Als die Pferdekutsche zum Stehen kam, sprang ich in höchster Eile von der Ladefläche herunter und rannte sofort hinein, um Hilfe zu holen. In der Eingangshalle saßen eine Krankenschwester und ein Arzt im Bereitschaftszimmer, beide hatten Dienst und eilten mir sofort zu Hilfe.

»Draußen vor der Tür liegt meine Freundin in einer Kutsche, sie hatte einen schweren Reitunfall. Es geht ihr sehr schlecht. Bitte kommen Sie schnell!«, sagte ich zu dem diensthabenden Arzt.

Gemeinsam rannten wir hinaus zu Emily, die Krankenschwester nahm noch eine Krankentrage mit. An der Kutsche angekommen, untersuchte der Arzt, ein gewisser Dr. Williams, Emily zunächst nur oberflächlich, dann legte er sie mit meiner Hilfe auf die Krankentrage und brachte sie zur weiteren Untersuchung sofort in das freie Behandlungszimmer im linken Flur, direkt am Eingang. Durch eine Glasscheibe in der Tür des Behandlungszimmers konnte ich sehen, wie man Emily versorgte und verschiedene Tests mit ihr machte. Sie bewegte sich nicht mehr. Kein Lebenszeichen. Ich kam beinahe um vor

Sorge. In der Nähe gab es einen Wartebereich mit einigen Stühlen, ich setzte mich auf einen davon und wartete, so wie die Stationsleiterin es von mir verlangt hatte. Meine Gedanken kreisten nur noch um Emily, meine geliebte beste Freundin. Ihr Fortbestehen war nicht länger eine biologische Selbstverständlichkeit, es war eher so, dass sie nur noch auf göttliche Fürsorge hoffen konnte. Währenddessen benahm sich das Krankenhauspersonal so, als ob Emily ein verwaltungsrechtlicher Vorgang wäre. Ich konnte in dieser von ärztlichem Hochmut gefluteten Atmosphäre keine Menschlichkeit finden und dieser gleichmütige, berufsmäßige Umgang mit Tod und Krankheit, schmirgelte meine ohnehin schon überreizten Nerven vollends blank. Es vergingen viele Stunden, und ich wurde immer nervöser, zudem verspürte ich vom langen Sitzen auf diesen unbequemen Holzstühlen bereits erhebliche Schmerzen im Hintern und Rücken. Gelegentlich kamen Krankenschwestern aus dem Flur heraus und gingen an mir vorbei, und ich sah ausnahmslos jeder Schwester mit einem fragenden Blick direkt ins Gesicht, hatte ich doch stets die Hoffnung, Informationen über Emilys Zustand zu erhalten. Doch die Schwestern erwiderten meine Blicke jedes Mal nur mit einem höflichen und professionellen Lächeln, was mich zornig machte. Warum kam niemand zu mir? Hatte man mich vergessen? Konnte die Behandlung so lange dauern? Wie ging es Emily? Es gab mehr Fragen als Antworten. Daher hielt ich es für eine gute Idee, mir etwas die Beine zu vertreten, und spazierte im Hospital umher. Als ich am Behandlungszimmer vorbeikam, riskierte ich natürlich einen erneuten Blick durch die kleine Scheibe in der Tür, um einen Blick auf Emily zu erhaschen, doch zu meiner großen Verwunderung war sie nicht mehr in diesem Zimmer. Ich begann mir Sorgen zu machen und konnte nicht länger abwarten, also beschloss ich, dem Dienstzimmer der Krankenschwestern einen Besuch abzustatten. Gerade in dem Moment, als ich das Dienstzimmer der Ordensschwestern erreichte, empfing mich auch schon die Nachtschwester und fragte, ob sie mir helfen könne.

»Ich bin auf der Suche nach meiner Freundin, Miss Emily Smith. Sie wurde heute Nachmittag nach einem Reitunfall eingeliefert«, antwortete ich. Die Schwester war sehr nett und bat mich, einen Moment zu warten, sie wollte sich nach Emily erkundigen. Nach ungefähr fünfzehn Minuten kam sie zurück und erklärte: »Es tut mir sehr leid, aber der diensthabende Arzt der letzten Schicht, Dr. Williams, hat bereits Feierabend. Miss Smith liegt auf Station R3, Zimmer 42. Sie schläft jetzt und braucht dringend Ruhe.«

»Wie geht es ihr?«, erkundigte ich mich.

»Ihre Freundin wurde schwer verletzt und hatte neben einer Milzruptur weitere innere Blutungen und zahlreiche starke Prellungen am ganzen Körper. Die Ärzte konnten sie jedoch erfolgreich operieren und die Blutungen stillen. Daher schwebt sie nicht mehr in Lebensgefahr. Allerdings bereiten uns die Kopfverletzungen große Sorgen. Wir können im Moment noch keine Prognose bezüglich etwaiger schwerwiegender Spätfolgen abgeben, dazu ist es zu früh. Bitte gönnen Sie ihr nun etwas Ruhe, mehr können Sie aktuell nicht für sie tun«, erklärte sie.

Dann bat sie mich, zu gehen und am nächsten Morgen zu den üblichen Besuchszeiten nach der Visite wiederzukommen. Ich dankte der hilfsbereiten Nachtschwester und machte mich ohne Emily auf den Heimweg. Es war ein schreckliches Gefühl, sie zurücklassen zu müssen. Sie zu beschützen war meine Aufgabe, doch ich hatte versagt. Wut, Scham, Hilflosigkeit und Enttäuschung begleiteten mich nach Hause.

An Schlaf war in dieser Nacht nicht zu denken. Zutiefst besorgt wälzte ich mich im Bett hin und her, und das Gefühl, nicht zu wissen, wie es um meine geschätzte Freundin stand, quälte mich in zunehmendem Maße. Ich lag die ganze Nacht wach und bekam kein Auge zu. Am nächsten Morgen beobachtete ich unseren alten Militärwecker und erwartete bereits das schauderhafte mechanische Klingeln. Als es endlich so weit war, sprang ich so schnell aus dem Bett wie nie zuvor, nur die Kugel einer Muskete wäre schneller gewesen. Doch ich war an diesem Morgen so durcheinander, dass es beinahe gefährlich war, mein Gehirn zu gebrauchen.

Die übliche Morgentoilette verlief daher auch nicht so wie sonst: Beim Zähneputzen in unserem schlecht beleuchteten Badezimmer verwechselte ich die Schrundensalbe meiner Ehegemahlin mit der Zahncreme und meine Leibwäsche hatte ich nicht wie üblicherweise in den Korb für die Kochwäsche, sondern in die offene Toilette geworfen. Hätte ich keine Vorliebe für das Pinkeln im Stehen, wäre das wohl nicht passiert. Aber das war ein anderes Thema. Ich war kurz davor, den Verstand zu verlieren.

Nachdem ich mich halbwegs ordentlich angezogen hatte, brachte ich meiner geliebten Gemahlin noch schnell ein kleines Frühstück ans Bett und gab ihr einen kräftigen Kuss zur Verabschiedung.

Wendy bekam von mir in aller Regel ein opulentes Frühstück, das sogar Könige vor Neid erblassen ließe. Sie spürte aber, dass ich wegen Emilys Situation keinen klaren Gedanken fassen konnte, war nachsichtig mit mir und zeigte Verständnis dafür, dass es nur eine übersichtliche Notversorgung für den kleinen Hunger gab. Dafür liebte ich meine Frau. Sie kannte mich genau und spürte, wann ich ihre Unterstützung benötigte.

Ich selbst konnte an diesem Morgen nur zwei kleine Löffel Haferbrei im Stehen essen, mehr bekam ich vor Aufregung und Sorge nicht hinunter. Nachdem ich mein schlabberiges Porridge hinuntergewürgt hatte, fuhr ich sofort mit dem Fahrrad zu Emily ins Hospital.

Nachdem ich wie wild in die Pedale getreten und mit aller Kraft gegen den rauen Wind angekämpft hatte, der mir entgegengeschlagen war, erreichte ich die Klinik nach kurzer Zeit und rannte direkt die Treppen hinauf zur Station R3 im zweiten Obergeschoss. Ich lief so schnell, dass ich immer zwei Treppenstufen auf einmal nahm. Auf der Station angekommen, fand ich das Zimmer 42 ohne weitere Schwierigkeiten. Leider konnte ich noch nicht zu Emily, weil Dr. Williams gerade seine Visite abhielt.

Muss die Visite ausgerechnet jetzt stattfinden?

Ich atmete schnell und die quälende Ungewissheit trieb meinen Herzschlag in ungekannte Höhen. Ich wollte einfach nur in dieses verdammte Zimmer und endlich Emily sehen! Als der Arzt aus dem Krankenzimmer kam, nahm er mich väterlich zur Seite und sagte: »Der Zustand Ihrer Freundin ist weiterhin stabil, aber leider hat sie durch den

Sturz schwere Verletzungen am Gehirn erlitten. Welche Folgen daraus resultieren, können wir aktuell noch nicht abschätzen. Miss Smith leidet unter einer schweren retrograden Amnesie und kann sich daher nicht mehr an Dinge aus der Vergangenheit erinnern, das können wir bereits mit Sicherheit sagen. Es kann also durchaus sein, dass sie diese Erinnerungen nie mehr wiedererlangt. Vermutlich wird Ihre Freundin auch nicht mehr wissen, wer Sie sind. Bitte bereiten Sie sich darauf vor.«

Ich fand keine Worte, um ihm zu antworten. In Gedanken wiederholte ich immer wieder, was er mir gesagt hatte und es dauerte einige Minuten, bis ich realisierte, dass diese Nachricht nur zu einem Teil gut war. Wie sollte man so leben? Wäre das überhaupt ein Leben? Ein Mensch ohne Erinnerungen an die eigene Vergangenheit? Ich sinnierte darüber, was diese Diagnose für unsere Freundschaft bedeuten würde.

Das alles hatte Dr. Williams in sachlichem, monotonem Tonfall heruntergeleiert, beinahe so, als wäre er gelangweilt. Außerdem hatte er sich seine Sätze offenbar vorher zurechtgelegt und scheinbar keinen Gedanken daran verschwendet, welche Konsequenzen daraus für mich – und vor allem für Emily – resultierten.

Sind Ärzte bereits so abgestumpft, dass sie jedes Mitgefühl verloren haben?

Dr. Williams musste rasch seine Visite fortsetzen und wünschte mir sodann alles Gute und eine baldige Genesung von Emily. Zum Abschied gab ich ihm die Hand, die ich vorher jedoch an meiner Hose trockenwischen musste, denn meine Hände waren vor lauter Nervosität kalt und feucht. Danach wandte ich mich um, steuerte direkt auf die Tür von Emilys Zimmer zu, klopfte zaghaft an und ergriff die Türklinke mit meiner rechten Hand, um die Tür zu öffnen. Doch es funktionierte nicht. Bestürzt hielt ich inne und zog die Hand weg, als hätte ich einen Stromschlag bekommen. Ich konnte die Türklinke nicht herunterdrücken. Meine Muskeln wollten nicht ausführen, was ihnen von den Nervenimpulsen meines Gehirns befohlen wurde.

Was ist hier los? Ich kann doch nicht einfach so in dieses Zimmer gehen! Was erwartet mich? Was, wenn sich Emily nicht mehr an mich erinnern kann? Wer erwartet mich dann in diesem Zimmer? Meine beste Freundin ist schwer verletzt, und ich traue mich nicht, ihr gegenüberzutreten! Das geht so nicht, ich muss in dieses Zimmer gehen und der Realität endlich ins Auge blicken. Wenn ich das nicht mache, werde ich es mir bis in alle Ewigkeit vorwerfen!

Also klopfte ich erneut an die Tür und trat in das ungefähr siebzig Quadratmeter große Zimmer, in dem an der linken Wandseite acht Krankenbetten aufgereiht waren. Der Linoleumboden war grün, die Wände waren hell gestrichen, wiesen aber einige Blutflecken von totgeschlagenen Mücken auf. An der weißen Decke hingen insgesamt zehn hässliche Leuchten aus grauem Blech. Die Luft roch verbraucht und etwas modrig. Am Ende des Raumes befanden sich Emilys Bett und ein Fenster aus Tannenholz mit Oberlicht, typischem Schlieren-Glas und einer Fensterolive aus Messing. Das Fenster war nicht besonders groß, ließ sich aber wenigstens vollständig öffnen.

»Wie soll man nur gesund werden bei einer solch abgestandenen Luft?!«, flüsterte ich und öffnete das Fenster, so weit es ging.

Sofort strömte frische und belebende Luft in das Zimmer. Diese Gelegenheit nutzte ich, schloss die Augen und wollte noch einmal kurz durchatmen, bevor ich an Emilys Bett trat.

Es war ein ungemütlich aussehendes Krankenbett mit Metallgestell, am Kopf- und Fußende waren Holzplatten eingesetzt und am Rahmen des hinteren Endes, war ein Klemmbrett angebracht, auf dem ich ihren Namen lesen konnte.

Emily schien zu schlafen. Sie trug einen großen Kopfverband und hatte einige sichtbare Blutergüsse und Prellungen im Gesicht und auf den Armen. Meine Freundin so zu sehen, schwer verletzt und hilflos, machte mich tief betroffen. Sofort begann ich mir Vorwürfe zu machen, mein Gewissen und das sich immer schneller drehende Gedankenkarussell quälten mich.

Bin ich schuld an diesem Unfall? Was wäre gewesen, wenn ich sie vehementer aufgefordert hätte, langsamer zu reiten? Hätte sie die Wurzel im Wald dann vielleicht bemerkt und wäre nicht gestürzt?

An der rechten Wandseite im Zimmer stand noch ein kleiner klappriger Tisch mit vier Stühlen. Ich nahm mir einen, setzte mich neben Emily an ihr Bett und betrachtete sie. Im Schlaf sah sie so friedlich aus und ich verspürte plötzlich ein Gefühl der Dankbarkeit. Ich war dankbar dafür, dass Emily noch am Leben war. Es hätte sehr viel schlimmer kommen können, das wurde mir in diesem Augenblick klar und als tendenziell eher schwarzseherischer Mensch wollte ich dieses schreckliche Ereignis zum Anlass nehmen, meine Denkmuster umzukrempeln. Ich wollte für Emily und mich versuchen, aus der Situation das Beste herauszuholen.

Da ich unsicher war, wie ich mich verhalten sollte, und auch nicht wusste, ob sie ansprechbar war, beschloss ich kurzerhand, ihr etwas zu erzählen. Ich sprach von Kindheitserinnerungen und gemeinsam erlebten Abenteuern. Besonders im Gedächtnis geblieben war mir die Geschichte der alten Mrs Harrison. Wir waren ungefähr acht Jahre alt und trieben uns in der Nachbarschaft herum, immer auf der Suche nach spannenden Abenteuern. Im Garten der alleinstehenden alten Dame, die im Übrigen keine Kinder ausstehen konnte, standen einige Kirschbäume, die prächtige Kirschen trugen. Emily und ich liebten Kirschen über alles, also schlichen wir uns regelmäßig in den Garten zu diesen Kirschbäumen und sammelten emsig so viele Früchte, wie wir tragen konnten. Mit der Mentalität und Gewitztheit von Baby-Waschbären überfielen wir als eine Art Räuber-Duo regelmäßig den Garten von Mrs Harrison. Natürlich taten wir das nur in der Mittagszeit, denn zu dieser Zeit hielt sie immer ihren Mittagsschlaf, das dachten wir zumindest. Wenig später sollten Emily und ich nämlich lernen, dass jede Glückssträhne irgendwann einmal zu Ende ging.

Es war ein ganz normaler Mittag irgendwann im Juli: Wir schlichen wie sonst auch in den Garten von Mrs

Harrison und rechneten nicht mit Schwierigkeiten. Was wir jedoch nicht wussten, war, dass ihre Nachbarn sich einen Wachhund angeschafft hatten! Dieser bemerkte uns natürlich bei unserem Raubzug und fing laut an zu bellen, woraufhin Mrs Harrison wach wurde, in den Garten rannte und uns auf frischer Tat beim Stehlen ihrer Kirschen ertappte. Ungeachtet ihres hohen Alters nahm sie sofort die Verfolgung auf. Als wir sahen, wie sie wie ein wild gewordener Stier auf uns zustürmte, nahmen wir unsere Beine in die Hand und versuchten, so schnell es ging, aus dem Garten zu entkommen. Mrs Harrison war bemerkenswert flink für ihr Alter, doch Emily war schneller, erreichte als Erste den Gartenzaun und konnte flüchten. Mir gelang die Flucht jedoch nicht, weil ich ein kleiner Fettmops war und zudem noch nie so schnell hatte laufen können wie Emily. Letztlich wurde ich von Mrs Harrison erwischt. Ich hatte den Zaun bereits zur Hälfte überwunden, da spürte ich, wie mich etwas mit einer urgewaltigen Kraft zurückzog.

»Hab ich dich! Bleib bloß hier, du frecher Lümmel«, schrie Mrs Harrison.

Ehe ich wusste, wie mir geschah, zog sie kräftig an meinem linken Ohr und schmierte mir eine. Und als wäre das nicht schon schlimm genug gewesen, packte sie mich unsanft am Arm und schleifte mich nach Hause. Dort angekommen, betätigte sie den Türklopfer wie eine übergeschnappte Furie, und als meine Mutter die Tür öffnete, erzählte sie ihr, was wir angestellt hatten. Danach wollte Mrs Harrison von mir wissen, wo Emily wohnte, um auch ihren Eltern einen Besuch abzustatten. Aber von mir erfuhr sie nichts. Ich hielt so dicht wie der Korken einer

Weinflasche. Niemals würde ich Emily verraten und damit den Zorn der Rachegöttin auf sie lenken. Schließlich waren wir Freunde!

Mrs Harrison, die schrumpelige Meckertante, berichtete meiner Mutter in allen Details, was ich angestellt hatte. Meine Mutter war nicht begeistert und schäumte vor Wut. Erwartungsgemäß würdigte sie meine Taten mit einer drakonischen Strafe: Ich bekam eine Woche Hausarrest.

Mein Ohr tat auch am folgenden Tag noch ziemlich weh und zu allem Übel musste ich außerdem Strafarbeiten im Garten verrichten. Meine Mutter war wirklich sehr verärgert wegen meines unanständigen Verhaltens. Eine Chance auf vorzeitige Entlassung aus dem Hausarrest hatte ich daher nicht. Doch dank der vielen Arbeit verging die Woche ziemlich zügig. Nach Verbüßen meines Hausarrests traf ich mich sofort mit Emily und wir feierten das gemeinsame Wiedersehen mit leckeren Karamellen und selbstgemachter Brause von Emilys liebevoller Großmutter. Das war ein sehr schöner und prägender Moment. Dieses Ereignis schweißte uns zusammen und durch unseren Raubzug wurden wir zu echten Komplizen.

Wir hatten als Kinder so viel gemeinsam erlebt, und je mehr positive Gedanken ich nun versuchte, in den Vordergrund zu rücken, desto mehr schmerzte es mich, meine beste Freundin in diesem Zustand im Hospital sehen zu müssen. Aufgrund ihrer Amnesie würde sich Emily wohl an keinen dieser Momente, die wir einst geteilt hatten, erinnern können. Da wurde mir bewusst, dass offenbar nur ich allein die Erinnerungen unserer Freundschaft bis in den Tod bewahren würde.

Meine beste Freundin ist also lebendig, aber trotzdem ge-
storben? Ich kann sie ansehen, berühren und sogar mit ihr
sprechen, aber sie wird nicht mehr wissen, wer ich bin?

Der Gedanke, einen lieben Menschen auf diese Weise zu
verlieren, trieb mich beinahe in den Wahnsinn. Intensive Emotionen brachen über mich herein. Ich presste
die Augen zu, um eine Gefühlsentladung zu verhindern,
aber die Tränen der Traurigkeit waren stärker und ich
weinte bitterlich. Dabei ergriff ich Emilys rechte Hand
und streichelte mit meinem Daumen fortwährend ihren
Handrücken. Es schien ihr zu gefallen, denn daraufhin
bewegte sie sich etwas im Bett. Ihre Hand war warm und
die Haut so samtig und zart. Diese Berührung gab mir viel.
  Schon als Kind zeichnete mich eine erhöhte Sensibili-
tät aus. Sinneswahrnehmungen erlebte ich unglaublich
intensiv, viel stärker als andere Kinder. Dadurch waren
Berührungen auch in besonderem Maße wichtig für
mich. Körperkontakt war schon immer ein Teil meiner
Verständigung gewesen und half mir dabei, soziale Bin-
dungen zu entwickeln und aufrechtzuerhalten. Momente
tiefster Vertrautheit konnte ich so viel intensiver erleben.
Durch Berührung eines geliebten oder geschätzten Menschen drückte ich Sympathie und Empathie aus. Außerhalb meiner Ehe natürlich losgelöst von Sexualität und
romantischen Gefühlen.
  So war ich schon immer und suchte letztlich also einfach
nur etwas Nähe und Wärme bei meiner besten Freundin,
um mich besser zu fühlen und der sich breitmachenden
Verzweiflung entgegenzuwirken.
  Seufzend legte ich meinen Kopf auf Höhe von Emilys

Oberschenkel auf die Matratze, döste etwas und spürte ihre Körperwärme, was mich ein wenig beruhigte.

Etwa eine halbe Stunde später wurde Emily langsam wach und ich richtete mich auf. Als sie sah, wie ich ihre Hand hielt, zog sie sie abrupt aus meiner heraus und fragte mich empört: »Wer sind Sie und was suchen Sie an meinem Bett?«

Vor Fassungslosigkeit wie gelähmt, sah ich in ihr entgeistertes Gesicht und konnte kaum verstehen, was sie da gerade gesagt hatte. Ich war wie versteinert. Aber auch ihre Miene drückte eine gewisse Unsicherheit und Hilflosigkeit aus.

Zwar hatte mich der Arzt auf eine solche Situation vorbereitet, aber dann tatsächlich zu erleben, dass von einem einst geliebten Menschen nur noch eine leere und seelenlose Hülle übrig war, ging weit über die Grenzen meiner Belastungsfähigkeit hinaus. Mit dem Krankheitsbild einer Amnesie war ich nicht vertraut und das, was in diesem Krankenzimmer passierte, überforderte mich bei Weitem. Eigentlich hatte ich auf eine freudige Begrüßung gehofft, so wie es bei uns beiden üblich war. Stattdessen herrschte sie mich an. Es war ein scheußliches Gefühl, und es schmerzte mich sehr, dass die erwartete liebevolle Reaktion auf meine Anwesenheit ausblieb.

»Emily! Erkennst du mich denn nicht mehr? Ich bin es, dein bester Freund Oscar!«

Was da passierte, machte mich sehr betroffen. Ich wischte erneut einige Tränen der Rührung aus meinen Augen und hoffte auf etwas Mitgefühl von Emily, aber ich erhielt nur einen irritierten Blick und eine kurze Antwort von ihr. »Nein, bedauere! Es tut mir leid, aber ich habe Ihr

Gesicht noch nie gesehen. Sie müssen mich mit einer anderen Frau verwechseln. Ich darf Sie nun bitten zu gehen. Die Ärzte sagten mir, dass ich einen schweren Unfall hatte und nun Ruhe für meine langwierige Genesung brauche.«

»Emily, ich bin es! Oscar! Du musst mich doch wiedererkennen! Bitte versuch, dich zu erinnern!«

»Sie machen mir Angst! Bitte gehen Sie jetzt!«

Um Fassung ringend sagte ich nur noch: »Auf Wiedersehen, liebe Freundin!«

Danach drehte ich mich um, verließ das Krankenzimmer und irrte für einige Stunden ziel- und planlos durch das Hospital. Ich weinte schrecklich und musste nachdenken. Was sollte ich nur tun?

Da war sie nun, die hässliche Fratze der bitteren Gewissheit. Bis zuletzt hatte ich noch die Hoffnung gehegt, dass die Ärzte mit ihrer Diagnose übertrieben hatten oder gänzlich falschlagen. Doch Emily konnte sich tatsächlich nicht mehr an mich erinnern. Wie es sich anfühlte, von der einstmals besten Freundin wie ein Fremder behandelt zu werden, konnte ich nicht mit Worten beschreiben. Selbst der schlimmste Albtraum kam nicht einmal ansatzweise in die Nähe dessen, was ich in diesem Moment fühlte. Zunächst verstand ich nicht, was da passierte. Ich hatte die gewohnte Verständigung und Nähe erwartet, als Emily wieder zu sich gekommen war, doch die waren ausgeblieben. Sie war wach gewesen, aber dennoch nicht anwesend, zumindest für mich nicht.

Ohne es bewusst zu wollen, ignorierte ich, was ich erlebt hatte, und sprach einfach weiter mit ihr. Vielleicht ist sie nur etwas benommen von den Medikamenten, die sie bekommt, dachte ich. Doch schließlich erkannte ich, dass es ernst war und sie wirklich meinte, was sie zu mir sagte. Emily hatte ihren Körper verlassen, und mein vernunft- geleitetes Denken half mir dabei, dies schweren Herzens zu akzeptieren.

Alles, was uns früher ausgemacht hatte, war auf zwei Menschen aufgeteilt gewesen, doch nun beschränkte sich all das nur noch auf mich und meinen Körper. Erst jetzt fing ich an, darüber nachzudenken, was einen Menschen eigentlich definierte, und entwickelte die krude, aber, wie ich fand, nicht völlig aus der Luft gegriffene Theorie, dass der Körper eigentlich nur der Transportbehälter für das Wichtigste war, was der Mensch besaß: die Seele und die Erinnerungen. Folglich stellte ich mir einige ethisch be- deutsame Fragen, so wie zum Beispiel: Welcher Teil von Emily war eigentlich meine Freundin? Konnte ihre fleisch- liche Hülle ohne ihre Lebenserinnerungen überhaupt noch meine Freundin sein? Was, wenn ich ihren Köper aufgab, ihre Erinnerungen aber noch irgendwo in ihrem Geist vorhanden waren? Vielleicht waren ihre Erinnerungen nur temporär nicht mehr abrufbar? Wenn ich mit Emilys Seele oder ihrem Geist befreundet war, würde mich die freund- schaftliche Verbundenheit dann verpflichten, mich auch um ihren leeren Körper zu kümmern? Welche Bedeutung hatte der Körper eigentlich für die Seele? Woran würde man erkennen, ob eine organische Schädigung endgültig oder umkehrbar war, wenn selbst die Ärzte keine Antwort wussten? Fragen über Fragen!

Ich wollte mich diesen quälenden Fragen vorerst nicht weiter hingeben und beschloss, nach greifbaren Lösungen zu suchen, so wie ich es als Wissenschaftler gewohnt war. Auf Grundlage meiner Erfahrungen hoffte ich, im Bereich der Naturheilkunde ein Heilmittel für diesen Gedächtnis-verlust zu finden. Dass eine hoffnungsweisende Lösung jedoch ausgerechnet in einer rational nicht erklärbaren transzendenten Wirklichkeit zu finden sein sollte, ahnte ich an diesem Tag noch nicht.

DIE LEGENDE DER YUCATÁN-STEINE

15. MÄRZ 1928

Aufgrund der Vielzahl und Komplexität ihrer Verletzungen lag Emily nun schon seit Monaten im Krankenhaus. Im Februar wurde sie verlegt und in der medizinischen Rehabilitation der Psychiatrie untergebracht, wo die Ärzte versuchten, ihre schwere Amnesie durch eine psychotherapeutische Behandlung zu kurieren. Aber darin setzte ich keine Hoffnung und hielt es für sinnvoller, den Großteil der mir zur Verfügung stehenden Zeit in der Bibliothek meiner Universität zu verbringen. Ich wollte eine brauchbare Lösung für Emilys Problem finden.

In all den Monaten durchstöberte ich zahlreiche Bücher, doch eine Lösung schien in weiter Ferne zu sein. Aber aufgeben kam für mich nicht Frage. Geschlafen habe ich nur, wenn mich mein Körper dazu zwang. Es ging schließlich um das Schicksal meiner besten Freundin. Um so viel Zeit wie möglich in der Bibliothek verbringen zu können, ließ ich mich sogar an der Universität beurlauben. Ich konnte und wollte Emily nicht aufgeben, denn echte Freundschaft bedeutete für mich, sich bedingungslos beizustehen, auch wenn es unbequem werden würde. Leider war ich mir aber sehr sicher, dass sich für mich wohl niemand so sehr eingesetzt hätte, wie ich es regelmäßig für andere Menschen tat. Das machte mich traurig. Ich fragte Gott so häufig nach dem Warum. Dennoch wollte ich dem Gebot der Menschenliebe folgen und mit gutem Beispiel vorangehen, also zerbrach ich mir den Kopf darüber, wie ich Emily helfen könnte. Allerdings reifte langsam die Erkenntnis in mir, dass ich allein nicht weiterkommen würde, und gerade in dem Moment, als ich daran dachte, wer mir bei dieser verzwickten Angelegenheit helfen könnte, erinnerte ich mich an einen früheren Weggefährten, einen genialen Sonderling. Wenn jemand Rat wusste, dann war er es. Also ging ich sofort am nächsten Tag in den Keller der Universität, um in den nicht öffentlichen Bereich der Bibliothek zu gelangen. Die alten Steintreppen, die hinunterführten, waren brüchig und sehr schmutzig, offenbar waren sie von der Aufwartefrau schon seit Jahren nicht mehr bei der täglichen Raumpflege berücksichtigt worden.

Als ich unten ankam, fand ich mich in einem langen dunklen Korridor wieder. Die Luft war feucht und es roch nach Schimmel und Mäusekot. Durch die kleinen verdreckten, morschen und hölzernen Kellerfenster drang kaum Licht herein, doch in der Ferne sah ich eine Tür auf der linken Seite des Flurs. Das musste das Zimmer von Professor Lawrence Henderson sein, da war ich mir sicher. Als ich das Zimmer erreichte, klopfte ich zaghaft mit dem Mittelgelenk meines rechten Zeigefingers an die bereits leicht geöffnete Tür und betrat den Raum. Der Professor saß an einem kleinen Schreibtisch, auf dem eine ausgeprägte Unordnung herrschte. Sein kleines Arbeitszimmer hatte kein Fenster und in dem schwachen, flackernden Licht einer alten Öllampe sah ich, dass es mit

Gerümpel aller Art vollgestellt war. Auf seinem Schreibtisch standen ein ausgestopfter Tasmanischer Teufel und das in einem Glas, welches mit Alkohol gefüllt war, aufbewahrte Nasspräparat eines Affenembryos. Außen war ein Schild mit der Herkunftsregion und dem Todesdatum des Affen angebracht.

Es herrschte eine unheimliche Atmosphäre. Die Luft in seinem Büro war abgestanden, feucht und roch nach altem Schweiß, Abfall und faulen Eiern. Man konnte Lawrence ansehen, dass der Zahn der Zeit auch an ihm unbarmherzig genagt hatte. Er hatte lange, ungepflegte weiße Haare, in denen sich sogar einige Spinnweben befanden. Die braune Strickjacke, die er trug, war eingestaubt und voller Flecken.

Es bekümmerte mich, ihn so zu sehen. Der Professor war eine Legende an der Universität, ich schätzte ihn und sein enormes Wissen sehr. Leider hatte er sein Ansehen unter den übrigen Kollegen eingebüßt, weil er sich für die Kryptozoologie begeisterte und das sogar öffentlich eingestand. Was mich anging, so hielt ich ihn für besessen. Er suchte nach Bigfoot, Trollen, Geistwesen, Seeungeheuern und anderen Fabelwesen. Ziemlich konfuses Zeug, und wir hatten diesbezüglich auch des Öfteren hitzige Debatten, weil ich solche Wesen schlichtweg für Unsinn hielt. Schließlich waren bisher keinerlei physische Beweise für die Existenz solcher Kreaturen präsentiert worden.

Für den Professor war das kein Problem, ihm reichte der feste Glaube, während ich nur an das glaubte, was ich sehen konnte. Für mich waren das haarsträubende und von der Mythologie angehauchte Märchen, die man kleinen Kindern am Lagerfeuer erzählen konnte, um sie zu ängstigen. Dieser Bereich der Zoologie wurde schließlich nicht grundlos als dubiose Wissenschaft angesehen, und wer sich als Wissenschaftler damit beschäftigte, verlor seine Reputation schneller, als ihm lieb war. Doch auf das Gerede anderer Leute gab Lawrence Henderson nicht viel. Dafür hatte er zu viel Lebenserfahrung.

Er war bereits über siebzig Jahre alt und eigentlich pensioniert, doch seine Frau war früh gestorben und er hatte sein Glück nicht im Ruhestand finden können. Er war einfach nicht der Typ, der im Gewächshaus Rosen züchtete und am Abend, eingekuschelt in eine Wolldecke, auf der Veranda saß und Rotwein trank. Deshalb hatte der Dekan unserer Universität ihn damals im Keller einquartiert.

Der Professor war wie ein Vater für mich und zusammen mit ihm erlebte ich meine größten Abenteuer. Vor vielen Jahren waren wir zusammen auf einigen Expeditionen in Mesoamerika und hatten viele gemeinsame Interessen wie zum Beispiel Schach, Cricket und französische Weine.

Als er mich eintreten sah, begrüßte er mich daher freudig: »Oscar Brown? Meine Güte, dass meine alten Augen das noch erleben dürfen! Die Tatsache, dass du freiwillig zu mir hinab in den Keller gekommen bist, sagt mir, dass du verzweifelt sein musst. Wie kann ich dir helfen, alter Freund?«

»Es ist ernst, Lawrence! Meine beste Freundin Emily hatte einen schweren Reitunfall. Sie ist mit ihrem Pferd gestürzt und hat sich arg am Kopf verletzt. Nun liegt sie im Hospital und leidet an einer retrograden Amnesie. Vermutlich wird sie sich nie wieder an mich und unsere gemeinsame Vergangenheit erinnern können. Ich zerbreche daran und weigere mich, anzuerkennen, dass es keine Heilung für sie geben soll.«

Der Professor kratzte sich am Kopf und gab sich zweiflerisch. »Erzähl mir mehr, Oscar, ich bin auf diesem Gebiet sehr bewandert, wie du ja weißt.«

»Es kommt mir vor, als wäre sie nur noch im Augenblick gefangen. An dem Tag, als ich sie im Hospital besuchte, erkannte sie mich nicht mehr und verlangte sogar, dass ich das Zimmer verlasse. Der ängstliche und verwirrte Ausdruck in ihrem Gesicht ging mir durch Mark und Bein. Ich muss ihr helfen, das bin ich ihr schuldig. Da sie ihre Familie verloren hat, hat sie jetzt nur noch mich, und als ihr bester Freund werde ich Verantwortung übernehmen und alles tun, was in meiner Macht liegt, um ihr zu helfen. Nun habe ich gehofft, dass du im Bereich der Naturheilkunde vielleicht eine Lösung hast. Selbstredend spricht aus mir auch nur die Verzweiflung, aber es gibt schließlich einige psychoaktive pflanzliche Substanzen aus dem Regenwald in Südamerika, die das Bewusstsein erweitern können. Daraus habe ich geschlussfolgert, dass es vielleicht auch einen pflanzlichen Wirkstoff geben könnte, der die verlorenen Erinnerungen wieder zurückbringt!?«

Ich machte eine kurze Pause. »Ist dir da etwas bekannt, Lawrence?«

»Leider stehen die Chancen dafür schlecht, Oscar. Die Amnesie bei deiner Freundin wurde höchstwahrscheinlich durch ein schweres Schädel-Hirn-Trauma ausgelöst, das sie sich bei dem Sturz vom Pferd zugezogen hat. Die Schäden am Gehirn bleiben oftmals lebenslang bestehen.«

»Also kann ich nichts für Emily tun?«

»Mir fällt da nur eine Lösung ein, Oscar! Kannst du dich

noch an eine unserer ersten Expeditionen zu den Natur-völkern Mesoamerikas erinnern? Nach den Legenden der alten Maya soll es dort doch diese sagenumwobenen Steine auf der Yucatán-Halbinsel geben, die angeblich gött-liche Kräfte besitzen sollen. Leider kennt niemand mehr den Ort, an dem die Steine einst versteckt wurden. Die Stammesältesten eines damals in der Region siedelnden Volkes versteckten die Steine vor Tausenden von Jahren. Glaubt man den alten Überlieferungen, dann kamen die mächtigen Steine offenbar zeitweise in falsche Hände und richteten großen Schaden an. Es gab sehr viele Tote durch den Missbrauch dieser Steine. Sogar die Schamanen wei-gerten sich irgendwann, sie weiter zu nutzen. Zu mächtig, gefährlich und unkontrollierbar waren die Kräfte, die von ihnen ausgingen. Der Legende nach war es den Menschen genau genommen auch nicht erlaubt, die Steine zu nutzen. Dies war ausschließlich den alten Göttern vorbehalten.«

Lawrence schüttelte den Kopf, bevor er fortfuhr: »Bei einer meiner letzten Expeditionen fand man aus grauer Vorzeit stammende, mit Keilschrift beschriebene Stein-tafeln in einer Felsspalte. Die Tafeln erzählten eine haar-sträubende Geschichte: Ein Jäger wurde im Urwald von einer hochgiftigen Terciopelo-Lanzenotter gebissen. Diese Schlangenart ist so giftig, dass der Tod unausweich-lich nach wenigen Stunden eintritt. Auch in diesem Fall wirkte das Gift offenbar sehr schnell: Das gebissene Opfer blutete aus allen Körperöffnungen und die ersten Organe versagten bereits kurze Zeit nach dem Biss. Atmung und Herzschlag waren kurz darauf kaum noch wahrnehmbar. Um Mund und Nase war der Jäger bereits sehr blass, doch kurz bevor der Tod eintrat, setzte ein tollkühner Schamane einen dieser Steine ein. Die gottgleichen Kräfte des Steins stellten angeblich die volle Gesundheit des Opfers wieder her, und noch bevor die Sonne am gleichen Tag unterging, war der Jäger wieder bei bester Gesundheit.

Diese magischen Steine sollen aus verschiedenfarbigem metamorphem Gestein bestehen und nicht von der Erde stammen – so wird es jedenfalls von Generation zu Generation überliefert. Die Götter haben diese Steine der Legende nach aus Sternenstaub und göttlicher Energie geformt. Die Steine gestatten nur Menschen mit reinem Herzen Einblick in ihr Inneres. Die alten indigenen Naturvölker nennen einen dieser Steine zum Beispiel den Stein der Freundschaft. Er wird so genannt, weil er durch eine mysteriöse Kraft die Herzen von zwei Menschen auf ewig in Freundschaft verbinden kann. Das könnte die Lösung für deine verzwickte Situation sein, Oscar!«

Ich konnte mein Glück kaum fassen, dieser Stein war offensichtlich genau das, wonach ich gesucht hatte, um Emily zu retten. Doch halt – war das etwa wieder eines dieser volkskundlichen Hirngespinste? Ich atmete einmal tief durch und sagte mir: Nur dieses eine Mal, Oscar!

Emily war schwer verletzt und ich so verzweifelt wie nie zuvor. Die besten Voraussetzungen also, Opfer eines Betruges zu werden, sagte mir meine innere Stimme. Doch allmählich wurde mir klar, dass es auf dieser Erde offenkundig nichts mehr gab, das meiner besten Freundin helfen konnte. Also wollte ich nur einmal in meinem Leben an Legenden dieser Art glauben, denn die Geschichte lehrte uns oft genug, dass im Kern einer jeden Sage auch häufig etwas Wahrheit steckte. Außerdem hatte ich nichts mehr zu verlieren. Der nächste Schritt war somit klar: Ich musste nach Yucatán! Das Problem war nur, dass Emily mich begleiten musste!

Wie könnte es mir nach unserer letzten Begegnung im Hospital gelingen, sie davon zu überzeugen, mit mir nach Mexiko zu fliegen? Für sie war ich schließlich ein völlig Fremder. Mir kamen die ersten Zweifel an der Durchführbarkeit meines Vorhabens. Ich musste es irgendwie schaffen, sie mit einer Geschichte zu ködern, die so glaubhaft war, dass sie mir, ohne bei ihr Misstrauen hervorzurufen, folgen würde. Niemals hätte ich es für möglich gehalten, dass dies mein geringstes Problem sein sollte. Mir blieb kaum noch Zeit. Ich musste diese verdammten Zaubersteine finden, und kaum hatte ich diesen Gedanken zu Ende gedacht, da hörte ich draußen vor der Tür im Flur plötzlich ein lautes Scheppern. Da der Flur mit Holzkisten und alten Sammlungsgegenständen vollgestellt war, musste etwas umgefallen sein. Natürlich wollte ich sogleich überprüfen, was geschehen war, und stürmte entschlossen hinaus auf den Korridor. Unweit von Professor Hendersons Büro lag eine große Holzstatue auf dem Boden. Sie war umgefallen. Doch das war sicherlich nicht von allein passiert, dafür stand sie zu stabil und der Standfuß war sehr breit. Jemand musste sie umgestoßen haben. Ich schaute mich um und sah am Ende des Ganges einen Mann in Richtung Treppenaufgang davonlaufen.

Es war Jake Murphy, ein alter Alumnus aus meinem Jahrgang sowie landesweit bekannter Schatzjäger und Kunstdieb aus Irland. Ich erkannte ihn an seinem alten dunkelgrauen Trenchcoat, seinem Gehstock, den Armeestiefeln und der Kurzhaarfrisur. Ungeachtet seiner geringen Körpergröße hatte er im irischen Bürgerkrieg gekämpft und war schwer durch Granatsplitter verwundet worden. Die zahlreichen Narben in seinem Gesicht stellten ein Zeugnis dafür dar.

Sein halbes Leben hatte er damit verbracht, seltene und unwiederbringliche Kulturgüter von indigenen Völkern zu stehlen. Es gab kaum jemanden, den ich mehr verabscheute als Murphy. Er war als manipulativer und gewalttätiger Mensch bekannt, der zum Spaß Tiere quälte und über Leichen ging, um zu bekommen, was er wollte. Darüber hinaus war er ein von sexuellem Sadismus angetriebener Mann, der Frauen verachtete und in London wegen zahlreicher Verbrechen vom Metropolitan Police Service gesucht wurde. Darunter auch Gewalt gegen Frauen. Bei einer schweren Granatenexplosion im Bürgerkrieg waren ihm seine edlen Teile abgerissen worden und seitdem konnte er im Bett keine Frau mehr befriedigen. Weibliche Wesen waren für ihn zu Hassobjekten geworden, und weil er sie nicht notzüchtigen konnte, machte er die Gesichter hübscher junger Damen hässlich, indem er ihnen tiefe Schnittwunden mit dem Messer zufügte. Auf diese Weise sollte er in den dunklen Gassen von London bereits mehrere unschuldige Frauen geschändet haben.

An diesem Menschen war also ganz sicher nichts Gutes und nach meinem Dafürhalten hätte er schon längst in einem dreckigen Kerker verrotten sollen.

Jedenfalls wusste ich nun, wer uns im Keller belauscht hatte, und dass es ausgerechnet Jake Murphy war, gefiel mir überhaupt nicht. In dem Bewusstsein, nicht genau zu wissen, was er gehört hatte und was er mit diesen Informationen anstellen würde, verließ ich die Universität mit einem mulmigen Gefühl und ging nach Hause. Auf keinen Fall durfte ich zulassen, dass dieser Verbrecher meinem Plan, Emily zu retten, in die Quere kam. In den darauffolgenden Wochen kümmerte ich mich deshalb sehr gewissenhaft um die nötigen Vorbereitungen für unsere Reise nach Mexiko. Es gab sehr viel zu erledigen, und ich musste mir auch noch etwas einfallen lassen, um Emily davon zu überzeugen, mich zu begleiten.

Meine Ehefrau hatte ich natürlich in meinen drastischen Plan eingeweiht. Das war mir wichtig, denn mein Vorhaben, als verheirateter Mann mit einer anderen Frau nach Zentralamerika zu reisen, hätte das Gleichgewicht meiner Ehe empfindlich stören können. Das wollte ich nicht, denn Wendy war nicht nur meine geliebte Ehefrau, sondern auch die Dame meines Herzens.

Glücklicherweise verstand meine liebe Gattin die besondere Bedeutung meiner Freundschaft zu Emily. Sie wusste, dass unsere freundschaftliche Verbindung nicht auf erotischem Begehren, sondern auf einer vertrauensvollen seelischen Verbindung und einer dauerhaften und innigen Zuneigung ohne Körperlichkeiten beruhte. Ich bekam also ihren Segen und hatte dadurch den Kopf frei, um mich auf die Unwägbarkeiten vorzubereiten, die noch vor uns lagen. Zeitweise hatte ich aber auch das Gefühl, dass meine Frau nicht unbedingt unglücklich wäre, wenn ich für eine Weile aus dem Haus wäre. Sie hatte nämlich einen regsamen Quälgeist zum Ehemann, dessen Versorgung kein einfaches Unterfangen war.

Trotz bester Absichten machte ich meiner Frau im Haushalt oft nur das Leben schwer und meine handwerklichen Fähigkeiten waren eher dürftig. Dafür hatte ich andere Stärken. In meinem Beruf erbrachte ich außergewöhnliche intellektuelle Leistungen, dazu verfügte ich über Einfühlungskraft und tauschte oft und gern Zärtlichkeiten aus. Auch wenn wir von der Fleischeslust überwältigt wurden, was sehr häufig passierte, wusste ich, was zu tun war.

In der Kochstube war ich hingegen nur begrenzt einsetzbar. Einfache Gerichte vermochte ich jedoch zu kochen und auch mit dem Backen von ausgewählten Keksen war ich vertraut. Doch es gab eine Sache, von der ich sehr viel verstand: die präkolumbische und spanische Küche. Diese exotische Kochkunst hatte ich auf meinen zahlreichen Forschungsreisen erlernt.

DAS OLD DIRTY WINGS

Ich hatte Geburtstag und mittlerweile kündigte sich glücklicherweise auch im kühlen Osten Englands der Frühling
an, was mich sehr freute, denn der Beginn der warmen
Jahreszeit war in jedem Jahr wie eine Art von Wieder-
belebung und weckte die Lebensgeister aller Geschöpfe
auf Gottes Erde. Ganz anders war der Winter, er war meiner Meinung nach nicht mit dem Leben vereinbar. In der
Natur lagen kaum Gerüche in der Luft, es war unheimlich
still und dunkel, die Bäume trugen keine Blätter und die
Blumen erfreuten die Menschen nicht mit ihren wunderschönen Blüten. Deshalb wirkte jede Winterlandschaft auf
mich immer nur wie eine unfertige und farblose Skizze
einer zukünftigen wunderschönen Sommerlandschaft.
Daher konnte ich mich noch nie mit der kalten Jahreszeit
anfreunden, selbst wenn die Luft unvergleichlich rein sein
sollte, wie alle sagten, und das zauberhafte Glitzern der
Eiskristalle oft an eine verwunschene Märchenlandschaft
erinnerte.

Nein, für mich war der Winter nicht gemacht. Der
Frühling jedoch, der veränderte alles: Das Leben kehrte
zurück, die ersten Blumen begannen zu blühen, es blieb
länger hell, Vögel zwitscherten wieder und die Menschen
wurden aktiver. Die Luft wurde warm und überall roch es

nach Gräsern, dem süßen Aroma blühender Obstbäume und dem Duft der ersten Maiglöckchen.

Was in diesem Jahr jedoch viel wichtiger war: Wir brauchten gutes Wetter, um den Flug nach Amerika unbeschadet zu überstehen. Wegen des angenehmen Frühlingswetters hatte ich daher schon einmal eine Sorge weniger. Das war insofern gut, als meine Liste mit den Problemen nur langsam kürzer wurde. Seit Wochen zerbrach ich mir nämlich schon den Kopf, wie es mir gelingen könnte, Emily davon zu überzeugen, mit mir nach Nordamerika zu fliegen.

Schließlich gelang es mir, mir eine überzeugende Geschichte auszudenken. Dazu erinnerte ich mich glücklicherweise an ein Gespräch mit Emily, in dem sie mir gesagt hatte, wie sehr sie davon träumte, einmal ferne Länder zu besuchen. Diese Sehnsucht wollte ich zu meinem Vorteil nutzen und hoffte, dass sie trotz ihrer Amnesie in ihrem Unterbewusstsein weiterhin Interesse an Fernreisen hatte.

Und so versuchte ich, am nächsten Morgen meinen Trumpf auszuspielen, als ich Emily erneut im Hospital besuchte.

Nachdem ich die schwere, knarrende Tür ihres Krankenzimmers geöffnet und den Raum betreten hatte, sah Emily sofort zu mir herüber. Ich rechnete damit, dass sie sich belästigt fühlen und mich umgehend wieder hinauswerfen würde. Im Mindesten erwartete ich jedoch, dass sie nach einer Schwester rufen würde, um Hilfe herbeizuholen. Im Unterschied zu früher war ich schließlich ein Fremder für sie. Doch zu meiner großen Überraschung passierte das genaue Gegenteil und wir kamen ins Gespräch.

»Bitte entschuldigen Sie, dass ich Sie beim letzten

Besuch so ungehobelt angefahren habe. Ich bin sicher, Sie meinten es nur gut mit mir.«

»Das stimmt, Emily! Und du weißt wirklich nicht, wer ich bin?«

»Nein, tut mir leid. Sie kommen mir nicht bekannt vor. Doch ich kann mich im Moment kaum an etwas erinnern. Das ist seltsam. Die Ärzte haben mir erklärt, dass es mit meiner schweren Verletzung zusammenhängt. Ich weiß nicht einmal mehr, wer ich bin oder wo ich herkomme. Mein Kopf ist wie leergefegt.«

Als ich dies hörte, erkannte ich, dass da wirklich nicht mehr viel zu machen war. Diese magischen Steine blieben meiner Einschätzung nach ihre allerletzte Chance. Also beschloss ich, Emily nicht weiter unter Druck zu setzen, indem ich sie aufforderte, sich an unsere Freundschaft zu erinnern. Damit hatte ich nämlich, egal, wie man es drehte und wendete, bisher nur das Gegenteil erreicht.

Ich musste, so schnell es ging, mit ihr auf die Yucatán-Halbinsel und versuchte sie deshalb etwas hektisch, für die Reise zu begeistern.

»Ich habe eine tolle Idee, Emily! Was hältst du von einer kleinen Abenteuerreise nach Mesoamerika?«

»Das klingt super! Ich glaube, das könnte mir gefallen. Worum geht es denn dabei genau?«

Ich erklärte ihr, dass sich ihr eine einmalige Chance böte und eine lange geplante Forschungsreise der Fakultät nach Mexiko bevorstehe, meine Forschungsassistentin aber leider krankheitsbedingt ausgefallen sei und ihr Platz so kurzfristig nicht mehr neu besetzt werden könne. Damit sei noch ein Platz für sie frei und wir müssten nicht mit einem leeren Sitzplatz fliegen, erläuterte ich.

Emily war begeistert und willigte sofort ein. Das ging einfacher, als ich dachte, resümierte ich.

Damit diese »Forschungsreise« nun tatsächlich starten konnte, musste ich mich allerdings noch um zwei Kleinigkeiten kümmern: ein Flugzeug beschaffen und einen Piloten anheuern, der kühn genug war, eine solch abenteuerliche Reise in unerforschtes Gebiet mit mir anzutreten. Ein Pilot mit gesundem Menschenverstand würde deshalb von vornherein ausscheiden, dessen war ich mir bewusst.

Auch finanziell stellte mich diese Reise vor enorme Herausforderungen, konnte ich für dieses Unterfangen doch kein Geld der Universität nutzen. Aber was bedeutete schon Geld, wenn es um das Schicksal eines geliebten Menschen ging? Durch meine nebenberufliche Tätigkeit als privater Dozent in Museen und Sachverständiger für alte Kulturvölker hatte ich im Laufe der letzten Jahre glücklicherweise etwas Geld ansparen können. Die Finanzierung meines Vorhabens war also unter Aufbietung meiner letzten Reserven gesichert.

In den nächsten Tagen hörte ich mich etwas um und erfuhr, dass in Banbury, einer kleinen Stadt in der Grafschaft Oxfordshire, wohl einige abgehalfterte ehemalige Piloten der Air Force in den einschlägig bekannten Pubs herumlungern sollten. Das klang wie Musik in meinen Ohren. Genau, was ich brauche, dachte ich.

An meinem nächsten freien Tag packte ich nur das Nötigste zusammen und nahm den ersten Zug nach Banbury, um einen Piloten ausfindig zu machen. Natürlich wusste ich, dass es nicht einfach werden würde, als ich die Reise antrat und nahm deshalb noch etwas Bargeld mit. Dies tat ich nur für den Fall, dass meine Worte allein vor Ort nicht ausreichend überzeugen sollten.

In Banbury angekommen, sah ich einige Soldaten am Bahnhof herumstehen und weil ich keine wertvolle Zeit verlieren wollte, fragte ich die Gentlemen ohne Umschweife, in welchem Pub die Wahrscheinlichkeit wohl am höchsten wäre, einen ehemaligen Piloten der Air-Force zu finden. Ein altgedienter Flight-Sergeant antwortete mir: »Versuchen Sie es doch einmal im Old Dirty Wings, dort werden Sie finden, was Sie suchen. Viele der entlassenen Piloten versaufen dort ihre Pension an der Bar und einige furchtlose Fliegerasse halten sich mit Nebenjobs über Wasser, die meisten von ihnen schmuggeln Alkohol nach Amerika, damit die zahlreichen Flüsterkneipen nicht austrocknen.«

Ich bedankte mich und war überglücklich, denn ich hatte es mir schwieriger vorgestellt, einen geeigneten Piloten zu finden. Sofort machte ich mich auf den Weg zu diesem Pub und als ich die Lokalität erreichte, trat ich voller Tatendrang ein. Meine Euphorie wurde allerdings ziemlich schnell gedämpft. Es war ein schmutziger Pub, es roch nach altem Schweiß, Zigarettenrauch und hochprozentigem Alkohol. Durch die verdreckten Fenster drangen einige Sonnenstrahlen, die den in der Luft tanzenden Staub sichtbar machten. An der Bar zwischen den betrunkenen Männern sah ich einige junge Damen, die so leicht bekleidet waren, dass sich jeder Priester geweigert hätte, ihnen die Beichte abzunehmen. Offenbar waren sie auf der Suche nach gut zahlender männlicher Gesellschaft.

Ich hatte kaum Gelegenheit, mich umzusehen, da nahm bereits ein junges Fräulein Augenkontakt mit mir auf und schlenderte nur einen Moment später direkt zu mir herüber. Sie kam unmittelbar zur Sache und streichelte mit ihrem ausgestreckten Zeigefinger über meine Brust. Mit dem hypnotischen Blick einer Königskobra fixierte sie meine unschuldigen Augen. Mein Körper fiel in eine Schreckstarre und ich war unfähig, mich zu bewegen. Als sie den Finger langsam, aber unaufhaltsam immer tiefer wandern ließ, beugte sie ihren Kopf sehr nah an mein linkes Ohr, hauchte ganz langsam hinein und flüsterte:

»Du siehst so verspannt aus? Möchtest du meine Brüste streicheln? Komm doch mit nach oben, da warten ein heißes Bad und eine Massage auf dich, mein Hübscher!«

Ihr warmer und zugleich feuchter Atem an meinem Ohr schickte einen erregenden Schauer durch meinen hilflosen Leib und sorgte dafür, dass sich die Haare an meinen Armen und Beinen aufstellten. Meine Kopfhaut kribbelte und im Bauch wurde es warm. Es war durchaus angenehm, speziell weil ich durch ihre vorgeneigte Körperhaltung unauffällig von oben in ihr Dekolleté blicken konnte, welches sie mühevoll in Bestform gebracht hatte. Sie hatte perfekte Brüste, das konnte man behaupten – straff und groß wie Grapefruits und obwohl ich mich nicht bewegte, wollte sie nicht von mir ablassen und flüsterte mir unaufhaltsam weiter unsittliche Dinge in mein Ohr, die mich erröten ließen. Es war ganz sicher nichts, was ich in Gegenwart meiner Ehefrau wiederholen würde.

Plötzlich spürte ich, wie sich etwas in meinem Hosenschritt bewegte. Mein Gehirn delegierte die Kontrolle über meinen Körper bereits abwärts und ich konnte nichts dagegen tun. Es wurde heikel, denn ich trug an diesem Tag nur eine leichte Stoffhose und musste mich stark darauf konzentrieren, dass diese anregenden Sinnesreize, die mir diese lüsterne Dirne bescherte, nicht dazu führten, dass meine insgeheim empfundene Freude für Außenstehende sichtbar wurde. Eine Abkühlung war also dringend nötig. Um meiner körperlichen Erregung entgegenzuwirken, dachte ich an meinen letzten Sprung in das eiskalte Wasser des Flusses Great Ouse in Cambridge und versuchte, dieser Umgarnung, so schnell es ging, zu entkommen. Doch ich wusste nicht recht, wie ich mit dieser Situation umgehen sollte. Dass mich eine Frau auf eine solch direkte Weise verführen wollte, war in meinen gesellschaftlichen Kreisen nicht üblich. Ich kannte nicht einmal ihren Namen und begann mich zunehmend unwohler zu fühlen. Da begriff ich: Diese Dame bot mir ihre käuflichen Liebesdienste an. Doch für mich kam das nicht in Frage. Auf keinen Fall wollte ich mich von einer Kurtisane des Teufels von meiner Mission abbringen lassen. Außerdem fand man wahre Liebe nicht im Austausch gegen Geld. Und ich war kein Mann für schnelle Abenteuer mit ungewissem Ausgang.

Dennoch versuchte ich, Verständnis für den unzüchtigen Broterwerb dieser Liebesdienerin aufzubringen, und wollte sie ungeachtet meiner kritischen Ansichten über ihr Gewerbe mit Respekt behandeln. So war ich erzogen worden und so pflegte ich für gewöhnlich mit meinen Mitmenschen zu verfahren. Ich gab ihr also durch ein Lächeln, welches ich aber mit einem deutlichen Kopfschütteln verband, zu verstehen, dass ich nicht an ihren Diensten interessiert war, drehte mich um und sah mich weiter in dem Lokal um.

An den Wänden hingen überall Air-Force-Wappen und Fotografien von Veteranen und an der Decke drängte sich den Gästen hemmungslos eine riesige farbige Illustration auf. Es war eine hübsche junge Frau in aufreizender Pose, halbnackt und mit überdimensionierten Brüsten, auf der Nase eines Kampfflugzeugs sitzend. Jetzt war ich mir ziemlich sicher, dass ich mich in einer echten »Fliegerkneipe« befand. Nun musste ich nur noch einen passenden Piloten finden, doch worauf sollte ich achten? Wie würde ein Pilot aussehen, der meinen Anforderungen gewachsen wäre? In meinen Träumen hatte ich mir jedenfalls einen draufgängerischen, schlecht rasierten Typen mit kantigem Gesicht, sonnengegerbter Haut, Lederjacke und vielleicht auch einigen Narben vorgestellt.

Konzentriert musterte ich nachdenklich jeden Gast in dieser Kneipe. Ich sah viele Piloten im aktiven Dienst und junge Flugschüler ohne Erfahrung. Damit konnte ich nichts anfangen. Kurz bevor ich das Lokal entmutigt verlassen wollte, erspähten meine kurzsichtigen Augen doch noch etwas: Im hinteren Bereich des Pubs, direkt neben dem Klosett, stand ein alter Holztisch, der offenbar schon viel erlebt hatte. An diesem mit zahlreichen tiefen Kratzern übersäten Tisch saß ein Mann, der genau meinen Vorstellungen entsprach. Er war ungefähr Mitte vierzig, hatte ein geöffnetes, nicht gebügeltes Hemd mit vielen Flecken und eine dunkle löchrige Tweedhose mit Hosenträgern an. Darüber trug er eine dunkelbraune abgetragene Lederjacke mit vielen Aufnähern und Abzeichen.

Ihm fehlt offensichtlich eine Ehefrau, wenn er so ungepflegt aus dem Haus gehen kann.

Auf dem Tisch stand eine halbvolle Flasche Glenns Pride, der billigste Whisky in ganz England.

Ich ging zu dem Tisch und stellte mich dem Herrn vor: »Guten Tag, mein Name ist Professor Brown. Darf ich mich zu Ihnen setzen?«

»Nein! Ein Glas warme Milch für Leute wie dich gibt's an der Bar!«, erwiderte er barsch.

Ich holte kurz Luft und wusste, dass ich mich einiges trauen musste, um hier etwas zu erreichen. Mir wurde schnell klar, dass ich mit meinem sorgfältig rasierten Akademikergesicht, meiner zarten rosigen Haut und meinem teuren Anzug in diesem Pub nicht auf viel Gegenliebe stoßen würde. Ich wollte jedoch nicht zu früh aufgeben und erklärte provokant: »Offenbar fliegen Sie nur Hühnerfedern aus Indien raus, sonst müssten Sie nicht diesen billigen Fusel trinken. Ich habe die Lösung für Ihre Geldsorgen und möchte Ihnen ein Geschäft vorschlagen.«

Kein Muskel zuckte in seinem Gesicht, er sah mich einfach nur mit ernster Miene an, sein Blick so durchdringend, dass es beinahe auf der Haut brannte.

Ich war nervös und vermochte nicht zu sagen, ob seine Faust in wenigen Augenblicken mein makelloses Gesicht verunstalten würde oder nicht. Schließlich kannte ich mich mit solchen Verhandlungen nicht aus. Dennoch wollte ich mich situationsadäquat ausdrücken und hoffte, dass es auch wie gewünscht funktionierte. Glücklicherweise verprügelte er mich nicht. Stattdessen sagte er ruhig und mit tiefer Stimme: »Mein Name ist Captain James Wright. Du hast Mumm, das gefällt mir. Ich gebe dir zehn Minuten, um mir deinen Vorschlag zu unterbreiten, dann sehen wir weiter.«

Ich zog mein Jackett aus und krempelte die Ärmel hoch, um entkrampfter und selbstbewusster zu wirken. Meine Arme legte ich auf dem klebrigen Tisch ab und begann damit, ihm von meinem Vorhaben zu erzählen. Ich presste meine Kiefer aufeinander, um meiner Anspannung zu begegnen. Das war wahrlich kein Kneipenplausch.

Oscar, du bist jetzt im Spiel, vermassele es nicht!

Ich erzählte Captain Wright also meine Geschichte, jedoch eine etwas optimierte Version der Wahrheit. Hätte ich ihm von einer Reise zu irgendwelchen außerirdischen Zaubersteinen erzählt, hätte er mich sicher für schwachsinnig erklärt und das Gespräch sofort beendet. Also erzählte ich ihm, dass eine wichtige Forschungsreise zur Halbinsel Yucatán in den Golf von Mexiko kurzerhand gestrichen worden war, weil die Universität die finanziellen Mittel bedauerlicherweise nicht rechtzeitig hatte bewilligen können.

Captain Wright sah mich erneut so ernst an, zog dieses Mal aber seine Augenbrauen nach oben und sagte: »Warum warten Sie dann nicht einfach auf die Bewilligung und reisen später?«

Er zweifelte an meiner Geschichte, also legte ich nach und brachte weitere überzeugende Argumente vor.

Leidenschaftlich erläuterte ich ihm, dass meine Familie seit Generationen an der Erforschung der alten Kulturvölker Mesoamerikas beteiligt sei und es mir daher aus persönlichen Gründen sehr viel bedeute. Es ginge für mich um viel mehr als nur darum, eine Forschungsreise durchzuführen, verdeutlichte ich ihm. Nach damaligen Erkenntnissen waren bei Ausgrabungen seltene Kulturgüter entdeckt worden, die durch Diebstahl und illegalen Kulturgüterhandel bedroht seien.

»Wir haben nicht mehr viel Zeit, um diese Kulturgüter zu retten. Die Reise würde ungefähr vier Wochen dauern«, sagte ich ihm.

Captain Wright nickte zufrieden und meinte: »Okay, nehmen wir einmal an, ich würde mitmachen … Was wäre da für mich drin?«

In Anbetracht der Wichtigkeit dieser Reise wollte ich nun ein Angebot machen, das so attraktiv war, dass er es nicht ablehnen konnte. Auf der anderen Seite konnte ich ihm aber auch nicht meine gesamten Ersparnisse übergeben. Also erklärte ich: »Ich zahle Ihnen für die vier Wochen Arbeit einen kompletten Jahressold als Air-Force-Captain. Die erste Hälfte bekommen Sie bei Abflug, die andere Hälfte, wenn wir wieder sicher zurück in England sind. Außerdem übernehme ich die Kosten für Flugbenzin und das Chartern des Flugzeugs.«

Dieses Angebot war mehr als verlockend, aber Captain Wright sagte nichts und überlegte nur. Nach ungefähr einer Minute hob er schließlich zufrieden sein Whiskyglas in die Höhe und meinte: »Slàinte! Wir sind im Geschäft. Wann soll's losgehen?«

Es war das erste Mal, dass ich ihn grinsen sah.

»Wir müssen in zwei Tagen abreisen«, antwortete ich.

Er beschrieb mir noch den Weg zum Treffpunkt am Flugplatz, dann verabschiedeten wir uns.

Raschen Schrittes verließ ich den Pub und fuhr mit dem letzten Zug zurück nach Cambridge.

In meinem geräumigen Abteil sah ich in den Spiegel und fragte mich, ob ich diesem wagemutigen Piloten mit durstiger Leber wirklich das Leben von Emily und mir anvertrauen konnte.

Mein Spiegelbild antwortete mir mit einem besorgten Gesichtsausdruck. Doch mein Bauchgefühl sagte mir, dass ich diesem Piloten vertrauen konnte.

DIE REISE NACH MEXIKO

Als ich am nächsten Morgen am Bahnhof in Cambridge ankam, suchte ich umgehend Emily im Hospital auf, teilte ihr mit, dass wir wegen des günstigen Flugwetters am nächsten Tag abreisen würden, und bat sie, zügig die nötigsten Dinge für vier Wochen einzupacken. Emily schien etwas überrumpelt und fragte mich: »Was erwartet mich denn am Ziel unserer Reise? Welche Kleidung soll ich überhaupt mitnehmen?«

»Robuste leichte Wanderbekleidung wäre ausgezeichnet!«, erwiderte ich.

Sie freute sich sehr und begann bereits am gleichen Abend damit, eine Packliste für ihr Reisegepäck zu erstellen. Ganz so, wie man es von einer jungen Frau erwarten würde. Ungeachtet der ernsten Lage entstand dennoch eine gewisse Situationskomik: Aufgrund der Amnesie hatte sie eigentlich alles vergessen. Welche Art von Kleidung ihr gefiel, wusste sie jedoch noch ganz genau. Dies schien, dessen war ich mir nun sicher, offensichtlich instinktiv in jeder Frau zu stecken.

Wir wollten keine Zeit verlieren und schlichen uns, nachdem Emily ihre Packliste komplettiert hatte, gemeinsam durch den Lieferanteneingang aus dem Hospital heraus. Glücklicherweise fanden wir in den einsamen Straßen dieser leidenschaftslosen Stadt zügig ein Taxi und fuhren nach Hause, um unsere Sachen zu packen. Am

Morgen des darauffolgenden Tages stiegen wir in den ersten Zug nach Banbury, um zum ausgemachten Termin am Flugplatz zu sein. Ich war die ganze Fahrt über sehr nervös und mein nach Planung und Sicherheit verlangendes Gehirn hatte große Schwierigkeiten bei der Strukturierung meiner unsortierten und mit großer Sorge umhüllten Gedanken. Nachdem wir den Bahnhof endlich erreicht hatten, liefen wir vor dem Eingang der Bahnhofshalle umher und suchten in dem unruhigen Durcheinander der Reisewütigen verzweifelt nach einer Möglichkeit, um schnell zur Kaserne der Luftwaffe zu gelangen. An der Straße standen einige Automobile, aber von Erleichterung keine Spur, denn niemand wollte uns mitnehmen. Doch zu meiner Überraschung stand Gott auch einmal auf meiner Seite: Ein junger Offiziersbursche nahm uns auf der Rückbank seines Stabsfahrzeugs des Royal Flying Corps mit und setzte uns direkt am Flugplatz, Hangar Nummer sechs, ab. Das war der Treffpunkt, den mir Captain Wright im Pub genannt hatte. Die Hangartore waren offen, also gingen wir hinein, um unseren Piloten zu suchen. Der Hangar war riesig, und es stand ein Flugzeug darin, was meine stressbedingte Übelkeit sofort etwas reduzierte. Doch die Entspannung hielt nicht lange an, denn hinter dem Flugzeug sah ich Captain Wright, und zu meiner Verwunderung trug er keine Pilotenuniform mehr, sondern einen grauen Handwerksmantel. Der Mann, der sich im Pub noch als wagemutiger Pilot ausgegeben hatte, stand nun vor mir und schrubbte den Boden der Flugzeughalle. Aus einem der Büros, die im hinteren Bereich des Hangars lagen, dröhnte eine Stimme: »Hey, Wright, der Boden reinigt sich nicht von selbst!«

»Ja, Chef, ich mache doch schon so schnell ich kann«, gab er zurück.

Ich konnte es kaum fassen und war einem Nervenzusammenbruch so nah wie nie zuvor. Hier stand ich nun mit Emily in den vielleicht wichtigsten Stunden unseres Lebens, und es sah ganz danach aus, dass ich im Old dirty Wings einem Hochstapler auf den Leim gegangen war. Als ich mir die möglichen Konsequenzen ausmalte, brach es aus mir heraus: Schnellen Schrittes lief ich auf Captain Wright, diesen Halunken, zu und schrie ihn an: »Haben Sie mich im Pub etwa übers Ohr gehauen? Wenn Sie kein Pilot sein sollten, dann müssen Sie keine Angst mehr vor Ihrem Chef haben, weil ich Sie eigenhändig in ein Fass mit Flugbenzin stopfen und es anzünden werde.«

»Bleiben Sie ruhig, Professor, auch wenn mir Ihre Entschlossenheit imponiert. Sie liegen da völlig falsch! Ich habe Sie nicht genarrt und bin genau der Mann, der ich auch im Pub war.«

»Warum arbeiten Sie dann für eine Reinigungsfirma und schrubben hier den Boden dieses Hangars?«, fragte ich ihn.

Dieser Mann erregte meinen Zorn wie kaum jemand anderes zuvor. Dabei war ich eigentlich eine friedliche und ruhige Seele.

»Es gibt da eine kleine Sache, die ich Ihnen verschwiegen habe, Professor Brown.«

Der Captain schob beide Daumen unter seine Hosenträger und begann zu erzählen: »Ich kann mich noch sehr genau erinnern, so als ob es erst gestern gewesen wäre. Es passierte in dieser einen Nacht, die meine berufliche Karriere für immer zerstören sollte. Wir feierten damals eine kleine Hangar-Fete mit allen Kameraden unseres Geschwaders. Es gab reichlich Schnaps, leckeres Essen und die Stimmung war ausgelassen. Matilda, die dürre Tochter unseres Commodores, war auch vor Ort. Sie machte mir ständig schöne Augen und irgendwie interessierte ich mich für sie. Mein Großvater sagte immer: ›Du musst Chancen im Leben erkennen und dann auch nutzen.‹ Dementsprechend zögerte ich nicht lange und ging zu ihr hinüber. Als ich vor ihr stand, sahen wir uns tief in die Augen und wussten beide, dass wir nur eine einzige Sache voneinander wollten: heiße, unverbindliche und hemmungslose körperliche Liebe. Matildas fordernder und wollüstiger Blick sprach eine deutliche und unmissverständliche Sprache. Dadurch kamen meine Hormone richtig in Wallung und mein kleiner Co-Pilot freute sich bereits sehr auf einen kleinen Rundflug. Also nahm ich ihre Hand und schlich mit ihr zwei Gebäude weiter in die Munitionskammer. Dort waren wir ungestört. Sie war von sexueller Begierde erfüllt und machte mit ihren fähigen Händen sehr deutlich, dass sie von mir geliebt werden wollte. Dabei sah sie mich mit dem fordernden Blick eines unschuldigen Hundewelpen an und führte meine Hände an ihre prallen Brüste. Wir fingen an, uns leidenschaftlich zu küssen, rissen uns die Kleider vom Leib und sie gab sich mir leidenschaftlich hin.

Als sich ihre ausgehungerte Venusspalte jeden Zentimeter meiner Männlichkeit einverleibte, veränderte sich ihr Blick und ähnelte in diesem Moment eher dem einer gierigen Löwin im Blutrausch. Ich konnte nicht mehr klar denken und genoss die frisch entfachte Leidenschaft. Voll zärtlicher Inbrunst liebten wir uns auf einer der

Munitionskisten. Wir trieben es so heiß, dass ich beinahe Angst hatte, dass die Munition in den Kisten explodieren könnte. Es war einmalig und wundervoll – bis zu dem Moment, als ihr Vater wie ein wild gewordener Eber die Tür zur Munitionskammer aufriss und uns in flagranti erwischte. Er sah mich an, und sein Blick sagte alles, was ich wissen musste. Worte waren da nicht nötig. Gleichzeitig brüllte er seine Tochter an und verlangte von ihr, dass sie sich sofort etwas anziehen und ihm folgen sollte. Dieser Aufforderung kam sie, so wie man es von einer jungen Dame aus besserem Hause auch erwartete, ohne Protest nach. Als die beiden gingen, schlug der Commodore die Tür der Munitionskammer so heftig zu, dass die Deckenleuchte abfiel.

Eine Woche später kam der Commodore zu mir. Er hatte ein Entlassungsgesuch für mich vorbereitet und stellte mich vor eine schwierige Wahl: Entweder würde ich mein Entlassungsgesuch unterschreiben und er dem Gesuch stattgeben. Oder aber ich würde mich weigern und er mich für den Rest meiner Dienstzeit irgendwo in den Dschungel nach Asien versetzen. Natürlich war meine Motivation nicht besonders groß, mein kümmerliches Dasein in einer Region zu fristen, in der Cholera, Fleckfieber und Malaria meine engsten Freunde werden würden. Also unterschrieb ich und beendete somit meine Karriere als Pilot bei der Air Force. Damit war mein Leben praktisch vorbei. Mit einem solchen Werdegang stellte mich in der zivilen Luftfahrt niemand mehr ein. Doch die Veteranenvereinigung fing mich glücklicherweise auf und vermittelte mir die Arbeit bei diesem Reinigungsunternehmen. Deshalb putze ich jetzt hier.«

Diese Erklärung überraschte mich bei seinem Auftreten nicht wirklich, und ich war froh, dass Captain Wright allem Anschein nach tatsächlich ein Pilot war und mich seinerzeit im Pub nicht angelogen hatte. Männer wie er waren für mich allerdings schon immer ein Mysterium gewesen, und ich hatte wenig übrig für diese Weiberhelden, die keine ernsthaften Absichten hegten und nur ein schnelles Schäferstündchen mit einer fremden Frau suchten.

Für mich war es unmöglich, eine Liaison mit jemandem zu haben, wenn keine Gefühle im Spiel waren. Gegenseitige Liebe war mir viel wichtiger, als nur den niederen Trieben nachzugeben und mich auf die Fleischeslust zu konzentrieren. Aber auch Frauen, die gleich mit dem Erstbesten mitgingen, konnte ich noch nie viel abgewinnen. Wollte man einer solchen Frau vertrauen? Meine Anforderungen waren diesbezüglich schon sehr hoch und traditionelle Werte hatten bei mir einen hohen Stellenwert. Auch wenn ich das Verhalten des Captains gegenüber Frauen mithin als moralisch fragwürdig empfand, so blieb es doch ein Teil seiner persönlichen Lebensführung, der mich nichts anging. Überdies konnte ich die Absichten vieler Frauen nicht nachvollziehen, denn einerseits fühlten sich Frauen von harten, grobschlächtigen und muskulösen Typen angezogen, doch auf der anderen Seite beklagten sie sich über das eintönige, aggressive und rabiate Verhalten dieser ungehobelten Kerle. Wie sollte man da nur durchsteigen?

Offenbar lagen die Ursachen dafür im Bereich der Evolutionsbiologie. Für Frauen war man augenscheinlich nur interessant, wenn man ein Schlägertyp, ein richtig wilder Kerl war, und ich hatte auch den Eindruck, dass Frauen freundliches Auftreten bei einem Mann mit Schwäche verwechselten. Das war schade. Aber ich war das nicht anders gewohnt. Bereits im Studium war es mir schwergefallen, Kontakte mit dem schönen Geschlecht zu knüpfen. Offensichtlich war ich nicht rüpelhaft genug und damit für die meisten jungen Frauen zu langweilig. Hielt ich mich für schwach, weil ich niemanden verprügelte? Nein, ich hielt mich für stark, weil ich mich mein ganzes bisheriges Leben für kranke- und hilfsbedürftige Menschen eingesetzt hatte. Das war weitaus schwieriger, als jemandem vor einem Pub die Nase zu brechen, und nach meinem Dafürhalten auch ehrenwerter. Meine Frau Wendy war eine ganz andere Sorte Frau. Sie hatte hinter die Fassaden dieser Schaumschläger und Chauvinisten geschaut und sich nicht für ein kurzweiliges Abenteuer von großen Muskelbergen und kernigen Sprüchen blenden lassen. Ich überzeugte sie durch Ehrlichkeit, Humor, Treue und Intelligenz, machte meine Sache ihrer Aussage nach aber auch im Bett sehr gut.

Kurzum: Sie hatte Gefallen an mir gefunden, und es hatte nicht lange gedauert, bis die Hochzeitsglocken läuteten.

Als der Vorarbeiter des Reinigungsunternehmens den Hangar verlassen hatte, rief Captain Wright zu uns herüber: »Los jetzt, schnell! Wir müssen in das Flugzeug einsteigen und starten, bevor die Wachmannschaft ihre Runde macht.«

Emily und ich sahen uns etwas verwundert an und zögerten, nahmen dann aber trotzdem unsere Beine in die Hand und stiegen zügig in das Flugzeug.

»Einen Moment noch!«, rief Captain Wright. »Haben Sie die vereinbarten Mäuse bei sich, Herr Professor?«

»Selbstverständlich, ich habe das Geld hier in der Ledertasche! Bitte halten Sie nun Ihren Teil der Vereinbarung ein.«

Nachdem ich dem Captain die Tasche mit dem Geld übergeben hatte, nahmen Emily und ich auf der unbequemen Bestuhlung dieser rostigen, alten Mühle Platz und legten die Sicherheitsgurte an.

Es war ein altes silbernes Propellerflugzeug in Tiefdecker-Bauweise und bot gerade so ausreichend Platz für uns und unser leichtes Gepäck.

Captain Wright versuchte, draußen den Motor zu starten. Das Flugzeug hatte einen Schwungkraftanlasser, und der Captain drehte wie verrückt an der Kurbel, doch der Motor wollte nicht starten. Bei jeder Umdrehung rotzten die Abgas-Auslassstutzen dunklen Rauch und jede Menge Schwitzwasser aus.

»Macht euch keine Sorgen, Leute, die Kiste stand eine Weile herum. Der kommt gleich …«, rief der Captain uns zu.

Nach einer Weile zündete der Motor endlich durch und der Propeller begann sich langsam zu drehen. Das ganze Flugzeug klapperte und dröhnte. Der Motor knallte aufgrund zahlreicher Fehlzündungen und die dichten Abgase bissen uns in den Augen. Die Geräusche und Vibrationen kannte ich in dieser Ausprägung nicht, obgleich ich schon häufiger geflogen war. Das machte mir eine Heidenangst, schließlich wollte ich unbeschadet in Mexiko ankommen. Als die Knallgeräusche zunahmen, sah mich Emily mit weit aufgerissenen Augen an und schrie: »Ist das so normal?«

Ich wollte sie nicht beunruhigen, deshalb nickte ich selbstbewusst und abgeklärt, machte mir in aller Heimlichkeit dennoch große Sorgen.

Als Captain Wright die Schubhebel nach vorn drückte und das Flugzeug sich in Bewegung setzte, sprach ich ein stilles Gebet zu Gott und flehte ihn an, für eine sichere Reise zu sorgen. Es war kindisch, aber ich dachte mir, dass es sicherlich nicht schaden würde, denn normal war in meinem Leben schon längst nichts mehr.

Eine Sache machte mich aber besonders nervös: Der Abflugprozess lief schneller, als ich es von anderen Flügen kannte. Der Captain verzichtete sogar auf die Vorflugkontrolle, den Preflight-Check. So erreichten wir bereits nach kurzer Zeit die Startbahn und der Captain beschleunigte das Flugzeug mit voller Kraft. Das Fahrwerk und die Reifen waren offenbar nicht mehr so gut in Schuss, dadurch rumpelte der Flieger heftig auf der eigentlich flachen Start- und Landebahn umher. Im Grunde sah alles nach einem erfolgreichen Start aus, doch als ich wenig später Alarmsirenen hörte, bekam ich leichte Zweifel. Emily und ich gewannen den Eindruck, dass dieser Flug offenbar nicht offiziell genehmigt worden war.

Als uns plötzlich zwei Geländewagen der Militärpolizei verfolgten und die Soldaten in den Wagen das Feuer auf uns eröffneten, zweifelten wir unsere Vermutung nicht mehr an. Peng! Peng! Mehrere Kugeln trafen das Flugzeug, ganz ohne Vorwarnung. Captain Wright brüllte zu uns nach hinten: »Köpfe runter! Legt euch flach auf den Boden! Es wird jetzt etwas heiß hier, die wollen uns zum Abschied noch Bleibohnen servieren!«

Sofort warfen Emily und ich uns bäuchlings auf den

kalten Boden des Passagierraums und erschreckten uns mächtig, als das Flugzeug von weiteren Schüssen getroffen wurde. Dieses blecherne Klopfen, als die Projektile in schneller, beinahe rhythmischer Abfolge den Rumpf trafen, hörte sich für mich an wie die Symphonie des Grauens. Einige Kugeln durchschlugen den Rumpf und sirrten nur wenige Zentimeter an unseren Köpfen vorbei. Es knallte, rumpelte, klopfte und dröhnte überall. Emily geriet in Panik und schrie unter Tränen: »Aufhören! Aufhören bitte! Lasst mich hier raus!«

Holzsplitter flogen umher, eine der hölzernen Frachtkisten wurde getroffen. Ich schwitzte wie wild und mein Herz schlug mir bis zum Hals. Als kaum fünfzehn Zentimeter neben mir plötzlich ein Lichtstrahl durch eins der Einschusslöcher drang, wusste ich, dass das kein Spaß mehr war, und realisierte, wie knapp ich in diesem Moment dem Tod entgangen war. Schockiert und ungläubig nahm ich zur Kenntnis, was gerade geschah.

Dass mich das Pech zu verfolgen scheint, ist nun mehr als deutlich, aber selbst ich habe doch langsam auch mal etwas Glück verdient!

Es schien beinahe so, als ob mich eine höhere Macht mit aller Gewalt aufhalten wollte.

Wenige Minuten später hörten das Rumpeln und Dröhnen schlagartig auf, als wir endlich vom Boden abhoben. Langsam gewannen wir an Höhe und die Gebäude auf dem Boden wurden immer kleiner. Wir atmeten alle tief durch und waren froh, dass wir überhaupt noch am Leben waren. Es war wirklich knapp gewesen.

Ich ging nach vorn zu Captain Wright in das Cockpit und fragte, wie schwer die Maschine beschädigt worden sei.

»Keine Sorge, Professor! Die Kraftstofftanks wurden zum Glück nicht getroffen, und wenn ich auf meine Anzeigen gucke, dann liegen alle Werte im grünen Bereich.«

Das hörte sich gut an, und obwohl unser Flieger nach dem Angriff mehr Löcher hatte als ein Schweizer Käse, waren keine wichtigen Bauteile beschädigt worden. Doch etwas gefiel mir nicht: Als der Captain mit mir sprach, konnte ich Alkohol in seinem Atem riechen und es war ganz sicher kein Hustensaft. Sofort fragte ich ihn:

»Captain, haben Sie Alkohol getrunken? Sie riechen stark danach!«

Wright fing laut an zu lachen und erwiderte: »Ja, Professor, ich wäre doch niemals nüchtern in diese schrottreife Kiste gestiegen! Aber um Ihre Nerven zu beruhigen, kann ich Ihnen versichern, dass ich selbst betrunken besser fliege, als Sie es jemals im nüchternen Zustand könnten. Und jetzt gehen Sie mir nicht auf die Nerven, ich muss den Kurs berechnen. Nehmen Sie doch bitte hinten bei Ihrer Freundin Platz und genießen Sie die erste Etappe unseres Fluges!«

Der Captain schien das Flugzeug souverän und routiniert zu fliegen, schließlich hatte er uns auch in die Luft bekommen, daher hielt ich es für vertretbar, die Sache auf sich beruhen zu lassen.

Der Flug nach Yucatán war beschwerlich, wir mussten über 10.000 Kilometer zurücklegen und obwohl Captain Wright einen Zusatztank für eine deutlich höhere Reichweite im Flugzeug verbaut hatte, mussten wir in Irland,

Island, Grönland, Kanada und den Vereinigten Staaten von Amerika zwischenlanden und die Maschine auftanken. Aber das war eine Routine, die ich bereits von früheren Forschungsreisen kannte.

Nach ungefähr neun Tagen und täglichen Zwischenstopps entlang unserer Route erreichten wir endlich die Yucatán-Halbinsel in Mexiko. Wir befanden uns im Landeanflug auf eine sandige Piste inmitten eines dichten tropischen Regenwaldes. Bei unserem Flug, dicht oberhalb der Baumkronen, begrüßten uns einige wunderschöne Regenbogentukane. Diese anmutigen, bunten und riesigen Vögel begeisterten Emily und zauberten ihr ein breites Lächeln ins Gesicht. Es war wie im Paradies. Wir sagten jedoch nichts und übten uns beim Anblick dieser majestätischen Geschöpfe in Demut.

Überall erblühte das Leben in den verschiedensten Farben und Formen, es war wunderschön dort. Bereits beim Landeanflug konnten wir neben dem Dschungel auch die unglaublich weißen Strände und das türkisblaue und kristallklare Wasser bewundern, das die riesige Halbinsel elegant und sehr kunstvoll einrahmte.

Leider war dieser Moment der Entspannung nicht von langer Dauer und die unbarmherzige Realität des Lebens holte uns schnell wieder ein. Gerade in dem Moment, als wir zur Landung ansetzen wollten, gab es eine laute Explosion vorn im Motor. Der durch den Brand entstandene Qualm hüllte das Flugzeug in einen dichten Kokon aus beißendem schwarzem Rauch. Es war ein Albtraum und ich befürchtete das Schlimmste. Der Captain hatte kaum noch freie Sicht auf die Landepiste und rief: »Gott steh uns bei!«

Dabei zeichnete er mit dem Finger ein großes Kreuzzeichen von seiner Stirn bis zu seiner Brust. Er nahm noch einen großen Schluck aus seiner Whiskyflasche und rief zu uns nach hinten:

»Alle gut festhalten jetzt! Das wird eine unsanfte Landung!«

»Sie meinen so wie Ihre Landungen bei den Tresenfrauen im Old Dirty Wings?«, gab ich sarkastisch zurück, um meine Angst zu überspielen.

»Schlimmer, Professor! Viel schlimmer!«, rief Captain Wright zu mir nach hinten, dabei lachte er schmutzig und nahm einen weiteren Schluck aus seiner Whiskyflasche.

Im Sturzflug und ohne wirkliche Kontrolle über das Flugzeug zu haben, stürzten wir weiter unaufhaltsam in Richtung Boden. Ich griff nach meiner kleinen Blechdose und stopfte mir mit zittrigen und klammen Fingern gleich drei Bachblütenbonbons auf einmal in den Mund. Das war gar nicht so leicht, weil alles wackelte und die gesamte Maschine stark vibrierte. Die Vibrationen waren so stark, dass einige Teile der Blechverkleidung trotz stabiler Verbindung abrissen. Die Geräuschkulisse wurde immer bedrohlicher. Emily schrie und weinte vor lauter Panik, dabei klammerte sie sich verzweifelt an den Haltegriff neben ihrem Sitzplatz.

Wäre jetzt nicht der ideale Zeitpunkt für die letzten Gedanken?

Doch ich weigerte mich, über mein Ableben nachzudenken. Zum einen wollte ich die Hoffnung nicht aufgeben, und zum anderen blieben bis zum Absturz nur noch wenige Minuten, kaum Zeit also.

An was sollte ich jetzt denken und warum?

Letztlich entschied ich mich dafür, auch dieses Ereignis in meinem Leben bewusst zu erleben, auch wenn es vielleicht meine letzten Minuten sein würden. Meine Gedanken kreisten in diesem Moment nur um meine geliebte Ehefrau und wie sehr ich sie und unsere zahlreichen innigen Momente vermissen würde. In diesem Augenblick wurde mir bewusst, dass ich ihr viel zu selten sagte, wie sehr ich sie liebte. Denn Wendy war nicht nur meine Gattin, sie war von allen Seelen, mit denen ich mich jemals verbunden hatte, die treuste. Aber ich musste auch darüber nachdenken, wie grausam es für sie wäre, wenn ich es nicht lebend zurück nach Hause schaffen würde. Wer sollte sie versorgen? Von ihrer Stellung als Schneiderin konnte sie kaum allein über die Runden kommen; und obwohl ich mir nicht sicher war, ob unsere Leichen in diesem dichten Urwald überhaupt jemals gefunden werden würden, dachte ich bereits darüber nach, ob Wendy bei meinem Begräbnis aus Trauer, (weil sie mich so sehr liebte) oder aus Wut, (weil ich mein Leben wegen einer anderen Frau verlor) weinen würde. Diese Gedanken waren kaum auszuhalten. War es das wert? Musste ich wirklich Teil dieses verrückten Himmelfahrtskommandos sein? Plötzlich knallte es laut und die Maschine wurde kräftig durchgerüttelt.

Erschrocken blickte ich aus dem Fenster und sah überall nur Bäume. Die Maschine hatte einzelne Baumkronen touchiert und man hörte deutlich das typische Knacken, als die Äste unter der Last des Flugzeugs nachgaben. Es sah nicht gut aus für uns. Ich hatte meinen Frieden gemacht und begann bereits damit, mein offenbar unvermeidliches

Schicksal zu akzeptieren, zumal sich langsam auch eine gewisse Gleichgültigkeit in meinem Kopf breitmachte. Ich kämpfte mit aller Kraft und einem Herz voller Güte um das Leben meiner Freundin, aber ich war auch nur ein Mensch. Sollte es also tatsächlich göttlicher Wille sein, dass ich mit meinem Vorhaben scheiterte, dann könnte ich in letzter Konsequenz nichts dagegen ausrichten.

Doch gerade als ich dabei war, die Götter mit allem, was mir einfiel, zu verfluchen, spürte ich, wie das Flugzeug wieder nach oben zog. Der Captain schaffte es tatsächlich, die Maschine noch kurz vor dem Boden abzufangen und in einen Gleitflug zu bringen. Wenige Augenblicke später schlug das Flugzeug mit dem Unterboden hart auf der Sandpiste auf. Es knallte und schepperte! Überall waren Rauch und Sand. Riesige Flammen schlugen vorn aus dem Motor. Eine Katastrophe, aber wir hatten diese Bruchlandung überlebt.

Das Feuer breitete sich rasch aus und drohte bald die Benzintanks der Maschine zu erreichen. Eine Explosion stand kurz bevor. Emily und ich versuchten, so schnell wie möglich das brennende Flugzeug zu verlassen, doch beim Absturz hatte sich die Tür im Heck des Fliegers verklemmt und ließ sich nicht mehr öffnen. Wir waren eingeschlossen und die Fenster so klein, dass ein Mensch nicht durchpasste. Mit letzter Kraft trat ich gegen die Tür, die nach vier Versuchen endlich nachgab und aufflog. Ich kroch hinaus und half danach Emily, die mir bereits ihre zitternden Hände entgegenstreckte, beim Ausstieg. Gemeinsam sahen wir uns die Unfallstelle von außen an. Es sah schlimm aus, ein einziges Trümmerfeld. Das Hauptfahrwerk war bei der Landung abgerissen worden und lag ungefähr einhundert Meter hinter dem Flugzeugrumpf. Das Bugfahrwerk hatte sich im Boden vergraben und war kaum noch zu sehen. Wir riefen nach dem Captain, bekamen jedoch keine Antwort.

Das Feuer war mittlerweile so heiß, dass wir von außen nicht mehr in die Nähe des Cockpits kamen. Emily meinte, dass der Captain durch den Aufprall vielleicht schwer verletzt und bewusstlos sein könnte. Auf keinen Fall wollten wir ihn in diesem Flugzeug verbrennen lassen. Ich ging also noch einmal in die Maschine und versuchte, mich zum Cockpit durchzukämpfen. Dichter Rauch zog durch das Flugzeug, so dicht, dass ich meine eigene Hand nicht vor Augen sehen konnte. Der Rauch war aggressiv. Jeder Atemzug brannte in meiner Lunge wie Feuer. Gerade als ich darüber nachdachte, den Rettungsversuch abzubrechen, sah ich auf dem Boden einen alten Putzlappen herumliegen.

Ich nahm ihn und bedeckte damit Mund und Nase. Der Lappen brachte nur eine geringfügige Linderung, also versuchte ich, flach zu atmen, doch ich wusste, dass ich das nicht lange durchhalten würde. Ich musste den Captain finden, und zwar schnell. Allerdings war der Weg ins Cockpit beschwerlich, überall lagen Teile unseres Gepäcks verstreut. Durch die fehlende Sicht stürzte ich mehr als einmal und schlug mir das rechte Bein und mein linkes Knie auf. Doch ich gab nicht auf, erreichte letzten Endes das Cockpit und erkannte Captain Wright in dem dichten Rauch. Ich rief seinen Namen, doch er reagierte nicht. Er war tatsächlich bewusstlos, so wie es Emily vermutet hatte. Mit seinem Kopf lehnte er regungslos an der Instrumententafel und überall war Blut.

Offenbar war er beim Aufprall des Fliegers mit dem Kopf gegen die Instrumente geschleudert worden und hatte dadurch das Bewusstsein verloren.

Ich musste ihn da irgendwie herausbekommen und griff unter seine Achseln, dann zog ich ihn rückwärts aus dem Pilotensitz. Das war jedoch kein einfaches Unterfangen, und ich benötigte mehrere Anläufe, denn der Captain war wohlgenährt und tendierte zur Korpulenz.

Mit letzter Kraft schaffte ich es aber doch noch, ihn mit einem Rettungsgriff durch die gesamte Flugkabine zu schleifen und aus dem brennenden Flugzeug zu ziehen.

Emily wartete draußen vor der Maschine und half mir dabei, ihn hinten aus der Tür im Heck des Flugzeugs zu heben.

Die Flammen schlugen immer höher und wir rannten, so schnell wir konnten, von dem brennenden Flugzeug weg, um uns in Sicherheit zu bringen. Niemand konnte abschätzen, wann die Flammen auf die Kraftstofftanks übergreifen und das Flugzeug zum Explodieren bringen würden.

Den Captain schleiften wir daher auf dem Rücken liegend an seinen Armen hinter uns her, so weit und so schnell wie unsere Kräfte uns dies erlaubten. Es war eine Rettung in letzter Minute, denn wenige Augenblicke später explodierte das Flugzeug und ein riesiger Feuerball stieg, in Begleitung eines gewaltigen Knalls, hoch in den Himmel hinauf. Graue Asche rieselte auf uns herab und thermische Strahlung verbrannte unsere Haut. Die Hitze war so groß, dass wir unsere Augen nicht offen halten konnten und unsere Gesichter wegdrehten. Es war kaum auszuhalten und so schleppten wir uns zügig weiter in den dichten Dschungel hinein.

Nach einiger Zeit kamen wir zu einem mächtigen Kapokbaum, er war ganz sicher an die sechzig Meter hoch und der Stamm hatte einen Durchmesser von wenigstens drei bis vier Metern. Der Baum hatte riesige, mannshohe und sternförmig angeordnete Brettwurzeln.

Dort machten wir ungefähr eine Stunde Rast und versorgten die Wunden von Captain Wright, der inzwischen das Bewusstsein wiedererlangt hatte.

Vor mir lag nun die nächste große Herausforderung: Ich musste das Dorf eines alten indigenen Naturvolkes finden, das nur in einer speziellen Gegend auf der Yucatán-Halbinsel lebte. Es waren die direkten Nachkommen der legendären Maya. Allerdings gestaltete sich dieses Unterfangen sehr viel schwieriger als gedacht, da ich beim Durchsuchen meiner Taschen feststellte, dass ich die alte Karte und meinen Kompass im mittlerweile ausgebrannten Flugzeug zurückgelassen hatte.

Alles, wirklich beinahe alles, hätte man irgendwie ersetzen können, aber ich hatte ausgerechnet die wichtigsten zwei Dinge im brennenden Flugzeug zurückgelassen. Captain Wright und Emily sagte ich jedoch nichts davon, denn damit hätte ich die Moral der Gruppe sofort zunichtegemacht. Das wollte ich um jeden Preis verhindern, und so überlegte ich, wie ich dieses Dorf auch ohne Karte und Kompass finden könnte.

Plötzlich raschelte es im Unterholz. Vier junge Männer eines indigenen Volkes kamen vorsichtigen Schrittes und mit Pfeil und Bogen bewaffnet aus dem Dickicht heraus. In ihren Gesichtern erkannte ich aufwallende Wut und Befremdung zugleich. Die Männer trugen einen bunten Federschmuck als Kopfbedeckung und hatten schmuckvolle Bemalungen in Form von Linien und Punkten auf dem gesamten Körper. Für diese Bemalungen kamen überwiegend Holzkohle und Tabatinga, das war ein besonderer weißer Lehm, zum Einsatz. So war es in dieser Region Tradition. Doch ungeachtet der aufwendigen und kunstvollen Körpergestaltung dieser Eingeborenen versuchte ich nicht zu vergessen, dass unsere Anwesenheit großes Unheil heraufbeschworen hatte. Daher suchte ich inmitten dieser an Harmoniemangel leidenden Atmosphäre einen Ausweg aus dieser misslichen Lage. Doch es war zu spät: Einer der Indios rannte plötzlich auf mich zu, stoppte ungefähr drei Meter vor mir und zielte mit seinem prächtig verzierten und mit todbringender Kraft gespannten hölzernen Bogen genau auf meine ungeschützte Brust. Ich konnte die große glänzende Pfeilspitze aus Feuerstein deutlich erkennen. Sein ganzer Körper zitterte vor Anspannung, und er schrie mich in einer Sprache an, die ich nicht verstand. Gleich bin ich tot, dachte ich. Eine falsche Bewegung, oder ein falsches Wort, und der Pfeil seines Bogens würde meine Brust durchbohren und mein mit Angst und Sorge getränktes Herz zerfetzen. Einen Treffer aus dieser geringen Distanz würde ich niemals überleben, schließlich kannte ich mich mit der Bogenjagd der indigenen Stämme bestens aus. Selbst wenn ich an dem Pfeiltreffer nicht verblutet wäre, hätte das von den Indios genutzte Pfeilgift, das aus der Pareira-Pflanze und einigen Brechnussgewächsen hergestellt wurde, mich ganz sicher zügig durch Atemlähmung getötet. Die Situation war besorgniserregend und praktisch ausweglos.

Es war also von größter Wichtigkeit, jede Entscheidung

sorgsam und mit Bedacht zu treffen, damit sich die Stimmung nicht noch weiter aufheizte.

Was wir in diesem Moment wahrhaftig nicht gebrauchen konnten, war ein überdrehter Heißsporn. Ich hatte diesen Gedanken noch nicht zu Ende gedacht, da stürmte Captain Wright aus heiterem Himmel mit seinem gezogenen Buschmesser auf die Indio-Krieger zu. Dabei schrie er: »Für König und Krone!«

Die Indios reagierten erwartungsgemäß und stießen einen mir bisher unbekannten Schlachtruf aus.

Nur einen Wimpernschlag später zischte es drei Mal. Der Captain fiel mit einem herzerschütternden letzten Brüllen zu Boden. Die Indio-Krieger hatten drei Pfeile auf ihn abgeschossen. Einer hatte ihn in den Hals und zwei weitere hatten in die Brust getroffen. Er war tot, bevor er auf dem Boden aufschlug.

Vor Angst erstarrt beobachtete ich regungslos die nächsten Schritte der Eingeborenen. Als sie wieder anfingen zu schreien, zuckte ich zusammen und blickte demütig auf den Boden. Emily tat es mir gleich, sie wimmerte leise vor sich hin und zitterte am ganzen Körper.

Wir waren unerlaubt in das Territorium dieses Stammes eingedrungen, jetzt mussten wir dafür einen hohen Preis zahlen, daran bestand für mich nicht der geringste Zweifel.

Ich wollte uns jedoch noch nicht aufgeben und versuchte, die Gemüter zu beruhigen, indem ich mich – unter den strengen und kritischen Augen des ältesten Indio-Kriegers – auf den Boden kniete und mit meinem rechten Zeigefinger die Maya-Glyphe für Freundschaft in den sandigen Urwaldboden zeichnete. Der Indio-Krieger sah das Symbol, atmete aber weiter schnell und schwer, er schnaufte, tänzelte nervös um mich herum und gestikulierte mit seinem Bogen herum. Auf mich machte das den Eindruck einer Drohgebärde, von Entspannung keine Spur. Ich wusste, wenn jetzt etwas schiefging, würden wir heute Abend allesamt im Kochtopf der Ureinwohner landen.

Da ich natürlich nicht wollte, dass es dazu kam, versuchte ich es weiterhin mit Freundlichkeit und Respekt. In Mexiko sprachen die meisten Menschen bekanntermaßen Spanisch und zahlreiche Indios verstanden zumindest die wichtigsten Wörter.

Glücklicherweise konnte ich etwas Spanisch und sagte, in der Hoffnung, dass er mich verstehen würde: »¡No te entendemos! ¿Hablas español?« Das bedeutete so viel wie, dass wir ihn nicht verstehen könnten und ob er etwas Spanisch spräche.

Mit skeptischem Blick erwiderte der Indio: »Mi nombre es Chakpaakat. Estás aquí sin el permiso del rey. ¿Qué quieres aquí?«

Er sagte, dass er Chakpaakat heiße und dass wir dieses Land ohne Erlaubnis seines Königs betreten hätten. Außerdem wollte er wissen, was wir hier zu suchen hätten.

Ich stellte mich ihm vor und erzählte von dem grausamen Schicksal, das Emily und mich ereilt hatte, und wie sehr ich darunter litt.

Chakpaakat machte ein nachdenkliches, beinahe mitfühlendes Gesicht, entspannte seinen Bogen und richtete ihn auf den Waldboden. Dann befahl er den anderen Indio-Kriegern, ebenfalls die Waffen herunterzunehmen, und gab mir zu verstehen, dass wir von nun an keine Angst mehr haben müssten.

Um etwas Vertrauen aufzubauen, gab ich ihm meinen bereits zur Hälfte aufgegessenen Schokoriegel, der den Absturz tatsächlich unversehrt überstanden hatte. Der Riegel war mit Karamell und Erdnüssen gefüllt und gehörte definitiv zu den besten Erfindungen der Süßwarenindustrie.

Der Indio guckte irritiert, roch daran und biss kurz darauf ein kleines Stückchen ab. Sein skeptischer Blick wich bald einem überzeugten Gesichtsausdruck und einem lautstarken »Mmh«. Während Chakpaakat sinnenfreudig kaute und schmatzte, begann ich ihm leise, sodass Emily es nicht hören konnte, von den mythischen Yucatán-Steinen zu erzählen und dass diese Steine Emily vielleicht retten könnten.

Kaum hatte ich geendet, sah Chakpaakat mich mit angstverzerrtem Gesicht und starrem Blick an. Er hörte auf zu kauen und gab mir mit einer schnellen Handbewegung klar und unmissverständlich zu verstehen, dass wir ihm folgen sollten.

Um unser Leben nicht erneut in Gefahr zu bringen, distanzierten wir uns von dem waghalsigen Verhalten des Captains, indem wir die Stammeskrieger nicht fragten, was mit seiner Leiche passieren würde. Dies fiel mir nicht leicht, und eigentlich wollte ich ihn nicht einfach so im Dschungel zurücklassen, doch wir mussten an unser eigenes Überleben denken.

So liefen wir mit den Indios mehrere Stunden durch den dichten Dschungel, bis wir in ein kleines Dorf kamen. Es war eine relativ große Siedlung, bestehend aus ungefähr zwanzig hölzernen Maya-Hütten.

In dem Dorf herrschte geschäftiges Treiben. Spielende Kinder, Ziegen, Hühner und Schweine rannten umher, während sich die Frauen mit kunstvollen Näharbeiten beschäftigten.

Am selben Abend saßen wir mit den jungen Indios am Lagerfeuer und aßen gemeinsam. Emily und mir servierte man über offenem Feuer gegrilltes Fleisch von Gürteltieren und Pekaris. Dazu reichte man uns Bohnen und Xocolatl, ein traditionelles Heißgetränk, das aus Kakaobohnen hergestellt wurde. Alles war sehr schmackhaft und ich wurde satt.

Nach dem Essen suchte ich die Hütte der Ältesten auf und bat um Einlass. Ein grimmig dreinschauender Indio gestikulierte aufgeregt und gab mir zu verstehen, dass ich eintreten durfte. Als ich die Hütte betrat, sah ich eine große Feuerschale aus massivem Stein mit prachtvollen Verzierungen in der Mitte des Raumes stehen. Dort verbrannten die Ältesten des Dorfes Holzscheite. Die Luft war erfüllt von einem süßlichen Geruch mit einem Hauch von Kokos. Überall war dichter Rauch. Es war Palo Santo, ein geheimnisvoller Baum, dessen Holz bei der Verbrennung intensiv roch und nur für besondere Zeremonien genutzt wurde. Offenbar veranstalteten die Krieger gerade ein traditionelles Übergangsritual für die jungen Männer. Frauen war es streng verboten, diese Hütte zu betreten.

Ein einschüchternder lauter und tiefer Sprechgesang sowie ein Trank aus giftigen Pflanzensäften, der von den Anwesenden in üppigen Mengen getrunken wurde, begleiteten die Zeremonie.

Ich fühlte mich willkommen und durfte nach Beendigung dieser rituellen Handlung mein Anliegen vorbringen. Im Kreise der Dorfältesten begann ich gerade über die Legende der Yucatán-Steine zu sprechen, als plötzlich eine hitzige und lautstarke Diskussion unter den Ältesten losbrach. Sie fragten sich, wie es sein konnte, dass diese Legende, ein altes Geheimnis göttlicher Kultur, den Menschen aus der Alten Welt zur Kenntnis gelangen konnte. Die Diskussion wurde immer hitziger. Plötzlich wurde das Stimmengewirr von einem alles übertönenden, kehligen Räuspern unterbrochen. Es kam aus dem hinteren Bereich der Hütte. Dort saß ein älterer Mann, der in dem hellen Rauch aussah wie ein Geistwesen, das versuchte, aus dem Jenseits mit mir zu sprechen. Es war der Häuptling des Stammes. Er war hoch und kräftig gebaut und dazu übersät mit zahlreichen Narben. Ein durchaus respekteinflößender Stammesführer.

Unumwunden berichtete ich ihm, dass uns diese Legende vor einigen Jahren bei einer Forschungsreise nach Amerika von den Kriegern eines anderen Stammes im Landesinneren erzählt worden war.

»Die Krieger sprachen von einem Stein, der zwei verschiedene oder entzweite Menschen dazu bringt, Freunde zu werden. Die Kraft des Steins wird offenbar durch einen geheimen Zauberspruch aktiviert und kann selbst aus ungleichen Menschen die innigsten Freunde machen. Durch die magische Energie des Steins wird alles, was eine tiefe Freundschaft ausmacht, also Vertrautheit, Intimität und Sympathie, in den Geist der Menschen eingepflanzt oder darin wiederhergestellt. Das gelingt jedoch nur, wenn diese Empfindungen verschwiegen oder unterdrückt werden. Aber auch, wenn man sich dieser Gefühle noch nicht bewusst ist. So besagt es die Legende.«

Der Häuptling nickte bestätigend mit dem Kopf. »Ja, so besagt es die Legende, und so wurde es in den alten

Schriften überliefert, bevor diese Aufzeichnungen auf Befehl der Berggötter vernichtet wurden.«

Ich erzählte dem Häuptling von Emilys verhängnisvollem Unfall und bat ihn um Hilfe bei dieser Expedition, da uns der Weg sehr tief in einen undurchdringlichen Urwald voller Gefahren führen würde. Die Aussicht auf ein tragisches Ende unserer Freundschaft veranlasste mich jedoch dazu, Angst und Vorbehalte aus meinem Kopf zu verbannen.

Der Dschungel in dieser Region kann leicht zu einer tückischen Todesfalle werden, wenn man keine ortskundigen Führer an seiner Seite hat.

Der Häuptling war ergriffen von meiner mir selbst auferlegten schweren Bürde und stellte mir, ohne zu zögern, sechs Männer zur Seite, die uns auf unserer beschwerlichen Reise unterstützen und beschützen sollten. Da alle Spanisch sprechen und verstehen konnten, hatten wir bei der Verständigung keine größeren Schwierigkeiten. Einer der Krieger war der uns bereits bekannte Bogenjäger Chakpaakat. Ein beinahe zwei Meter großer und gewissermaßen nur aus Muskeln bestehender junger Mann, dessen Pfeile ihr Ziel ausnahmslos mit tödlicher Präzision trafen. Darüber hinaus würden wir von Tonatiuh begleitet werden, einem älteren und sehr erfahrenen Indio mit grimmigen Gesichtszügen und prachtvollem Kopf- und Halsschmuck. Er war klein – ungefähr einen Meter siebzig groß – und etwas dicklich. Seine Erfahrung sollte für uns noch von großem Wert sein.

Die jungen Stammeskrieger Mextli, Tepoztecatl,

Xochipilli und Itzli würden die schweren Lasten tragen und mit ihren Macheten einen Weg durch das dichte Gestrüpp des Dschungels schlagen.

Als ich den Stammesführer fragte, ob er mir erklären könne, wo diese Steine zu finden seien, erwiderte er nur: »Nein, niemand kennt den genauen Standort der Steine und seit Jahrhunderten hat auch niemand mehr danach gesucht. Zu groß ist die Angst vor dem Zorn der Himmelswesen!«

Diese Aussage entmutigte mich zunächst, doch dann stieg er hinab in eine unter Palmenblättern versteckte Erdgrube und kehrte wenig später mit einem steinernen Artefakt zurück. Es war eine Art Keilschrifttafel, die, soweit ich das beurteilen konnte, topografische Informationen und mir unbekannte Zeichen und Symbole enthielt. Der Farbe nach hätte die kleine Tafel aus Schiefer sein können. Doch das Material war mir völlig unbekannt, und die Gravuren waren so präzise, dass ich nicht erklären konnte, mit welchem Werkzeug das bewerkstelligt worden war.

Als ich versuchte, mit meinem Taschenmesser einen Kratzer in die Tafel zu machen, scheiterte ich. Obwohl ich die Klinge mit voller Kraft aufdrückte, konnte ich nicht einmal die kleinste Spur auf diesem Material hinterlassen. Das war erstaunlich und ich fand keine Erklärung dafür. Während meiner gesamten wissenschaftlichen Laufbahn hatte ich nie etwas Vergleichbares in den Händen gehalten und als der Häuptling bemerkte, wie erstaunt ich darüber war, sagte er mir mit ernstem Blick: »Dieses Artefakt stammt nicht von diesem Planeten. Seit Jahrtausenden hütet und bewacht mein Stamm dieses nicht von Menschenhand geschaffene Objekt. Der Legende nach haben meine Vorfahren diese Tafel direkt von den Göttern erhalten – mit der Auflage, sie zu beschützen. Doch niemand konnte die Karte auf dieser Tafel bisher vollständig entschlüsseln. Was ich aber sicher sagen kann, ist, dass ihr in südliche Richtung aufbrechen müsst. Ich werde in der Nacht noch eine Feuerzeremonie abhalten und die Götter anrufen, um sie zu beschwichtigen.«

Von dieser selbstlosen Hilfsbereitschaft sichtlich berührt, bedankte ich mich ausführlich bei dem Häuptling und versuchte im Anschluss, etwas Schlaf zu finden.

Schon am nächsten Morgen marschierten wir los in Richtung Süden und kämpften uns den ganzen Tag mit alten verrosteten Macheten und bloßen Händen durch den lebensfeindlichen Dschungel.

Hin und wieder beschlich mich das Gefühl, dass wir von irgendjemandem oder irgendetwas verfolgt wurden. Die Indios bemerkten seltsamerweise nichts dergleichen, auch Chakpaakat machte auf mich einen sehr entspannten Eindruck, daher beschloss ich, mein Gefühl für den Moment zu ignorieren, und versuchte, meine Sinneseindrücke mit der unerträglichen Hitze in dieser Region zu erklären.

Nach all den Beschwerlichkeiten schlugen wir kurz vor Sonnenuntergang endlich unser Lager auf einer kleinen Lichtung auf. Unsere Führer gaben sich viel Mühe und errichteten ein ganz passables Plätzchen für die Nacht.

In der Mitte des Lagerplatzes wurde ein brauchbares Lagerfeuer entfacht, es war ein klassisches Sternfeuer, damit es lange und sparsam brannte.

Unsere Zelte wurden in ungefähr vier Metern Entfernung rings um das Feuer herum aufgebaut. Emily bekam als einzige Frau in der Gruppe ihr eigenes Zelt. Das

Lager war umgeben von dichtem Urwald mit beinahe undurchdringlichem Unterholz. Es war sehr beängstigend, weil man nicht sehen konnte, ob gefährliche wilde Tiere in der Nähe waren.

Dabei sind es im Dschungel häufiger die kleinen Tiere, die dich töten.

Etwas abseits vom Lager hatte Chakpaakat eine Latrine für die Verrichtung unserer Notdurft gebaut, nichts Besonderes, aber dennoch war es mehr als eine Grube im Waldboden und bot eine gewisse und in dieser Wildnis seltene Privatsphäre. Er hatte sogar einen kleinen seitlichen Sichtschutz aus Lianen angefertigt und Bananenblätter zum Abwischen bereitgelegt.

Alles machte einen guten Eindruck, und ich freute mich schon darauf, etwas Schlaf zu finden, denn ich war bis auf die Unterwäsche durchnässt, überall juckte es mich, meine Füße hatten zahlreiche Blasen und ein Bad hätte ich auch mal wieder dringend nötig gehabt.

Es war schlimm, ich hasste diesen Urwald, und mir fehlten die Zivilisation und das geordnete Stadtleben, wenngleich ich meine verschiedenen archäologischen Arbeiten in den letzten Jahren immer sehr genossen hatte.

Unser Maya-Führer Tonatiuh befragte am Abend noch einmal seine Götter und kam zu dem Entschluss, dass wir auf dieser Lichtung die Nacht verbringen würden. Ich konnte es nicht glauben, aber da musste ich wohl durch. Doch was einfach aussah, war ein großes Problem für mich, denn der Urwald lebte, und als ich den Boden genauer betrachtete, bewegte sich dieser unentwegt, es krabbelte und kroch alles Mögliche umher: Käfer, Tausendfüßler, Spinnen und Schlangen. Plötzlich fühlte ich mich sehr unwohl, ich bekam einen trockenen Mund, Herzklopfen und Schweißausbrüche. Da wurde mir klar, dass sich meine Spinnenphobie bemerkbar machte. Seit meiner Kindheit hatte ich Angst vor fast allen Insekten, und dass die Spinnen dort, wo ich heute Nacht schlafen sollte, so groß wie Teller waren, machte es auch nicht gerade leichter für mich.

Für meine Nerven war das eine noch nie da gewesene Belastungsprobe, aber ich nahm mir vor, tapfer zu sein. Auf keinen Fall durfte ich mir etwas anmerken lassen. Als Mann durfte man doch schließlich keine Angst vor Spinnen haben. Was sollten die Indios von mir denken? Itzli, einer unserer Indio-Führer, fürchtete sich jedenfalls nicht vor diesen Krabbelviechern. Er hatte zum Abendessen eine riesige schwarze Vogelspinne auf einen Stock aufgespießt und über dem Lagerfeuer geröstet. Die Spinne war größer als meine Hand und hatte überall rötliche Härchen, und als Itzli sie mit dem Stock durchstieß, spritzte ein ekelerregender Schleim heraus. Als ich das sah, musste ich würgen und spürte, wie sich mein Magen unter Schmerzen zusammenkrampfte. Durch langsames und tiefes Atmen versuchte ich, den Brechreiz zu unterdrücken, was mir aber nur schwer gelang. Das hatte mir fürs Erste genügt, und ich entschied, dass gerade der optimale Zeitpunkt gekommen war, um mit einer Diät zu beginnen. An diesem Abend knabberte ich daher nur noch etwas Trockenfleisch, um genug Kraft für den kommenden Tag zu haben, und hoffte, dass ich in der Nacht keinen Besuch von irgendwelchen Krabbeltieren bekam.

Bei meiner letzten Urwald-Expedition in den Sumpf war ich nämlich nicht so glimpflich davongekommen. Wir hatten in unseren Zelten übernachtet und eines Morgens hatte mich ein unerträglicher Juckreiz an meinem Gemächt unsanft aus dem Schlaf gerissen. Als ich die rechte Hand zum Kratzen meiner Männlichkeit in meine Unterhose schob, fühlte ich Dinge, die dort nicht hingehörten und als ich in einem leichten Anflug von Panik meine Unterwäsche herunterzog, um nachzusehen, da bemerkte ich, dass tatsächlich mehrere Blutegel den Weg in meinen Schlüpfer gefunden hatten und sich während meines Schlafs gierig an meinem kleinen Mann festgesaugt hatten. Glücklicherweise half mir damals ein vertrauenswürdiger, hartgesottener und erfahrener Stammeskrieger, diese Blutegel mit einem glühenden Holzstück von meinem Schniedel zu entfernen. Eine riesige Sauerei war das, alles war voller Blut und in meiner Unterhose sah es aus, als wenn der König der Vampire höchstpersönlich ein Festessen veranstaltet hätte. Das war eine Erfahrung gewesen, die ich ungern ein weiteres Mal machen wollte.

Glücklicherweise ging, was das betraf, auf dieser Expedition alles gut und ich wachte am nächsten Morgen ohne ungebetene Gäste auf.

Auch Emily hatte eine geruhsame Nacht gehabt und versuchte, noch einmal aus der Karte schlau zu werden. Sie hatte in der Nacht einige Einfälle gehabt und probierte sich generell gern an Rätseln.

»Wenn du erst mal hinter das ausgeklügelte System gekommen bist und die markanten Geländepunkte auf der Tafel ins Verhältnis setzt, kannst du diese Schatzkarte lesen. Die Symbole stehen für definierte Entfernungen, dadurch lässt sich ein Maßstab herleiten«, erklärte sie mir.

Ich war gespannt und ließ sie weiter daran arbeiten. In der Zwischenzeit versuchte ich, mir mit meiner alten Blechkanne einen Kaffee über dem Feuer zu kochen.

Plötzlich lautes Geraschel. Äste knackten.

Ich erhob schlagartig meinen Kopf und sah, wie Jake Murphy, ungeachtet seiner leichten Gehbehinderung, wie eine monströse Dampfwalze durch das dichte Unterholz brach. Wie ein Afghanischer Windhund schoss er auf Emily zu, bedrohte sie mit einer Pistole und schrie: »Niemand bewegt sich, sonst erschieße ich diese Frau!«

Wie befürchtet hat er offenkundig mein Gespräch mit Professor Henderson in der Universität belauscht und ist nun ebenfalls auf der Jagd nach den verschollenen Yucatán-Steinen, um sie zu stehlen. Doch wie konnte dieser elendige Schweinehund uns so schnell finden?

Dieses schmierige Schandbalg Jake Murphy versuchte tatsächlich, Emily die Tafel aus der Hand zu reißen, doch in dem Augenblick, als seine knochigen Finger das Artefakt berührten, wehrte sie sich energisch und es kam zum Kampf. Als schmächtiger und verkrüppelter Zwerg hatte er seine Mühe mit Emily, die sich im Streit durchaus aufführen konnte wie ein Kodiakbär beim Revierkampf.

»Verschwinde zurück in das Loch, aus dem du gekrochen bist, du stinkender Pestfetzen!«, brüllte sie.

Dann schlug sie ihm mit der rechten Faust mitten in

163

sein von Aknenarben zerfressenes Gesicht. Doch das reichte nicht aus, um ihn aufzuhalten, infolgedessen ließ seine Antwort darauf nicht lange auf sich warten und er stürzte sich auf sie. Es kam zu einem heftigen Gerangel zwischen den beiden, dabei hatte Emily die Keilschrifttafel fallen lassen. Sie rang Murphy aber zu Boden und versuchte, ihm die Waffe aus der Hand zu reißen.

Peng! Plötzlich löste sich ein Schuss aus seiner Pistole, alles ging so schnell und für einen kurzen Augenblick verstummten alle Geräusche im Dschungel. Für Sekundenbruchteile herrschte Totenstille. Dann schrie Emily auf und sackte zusammen, wie eine Marionette, deren Fäden man losgelassen hatte. Es war ein schrecklicher Schrei – laut, schrill und langgezogen, er verbrauchte die ganze Luft, die sich in ihrer Lunge befand.

Sofort rannte ich zu ihr, doch sie schlug auf dem Urwaldboden auf, bevor ich sie erreichen konnte.

Murphy, dieses gewissenlose Schwein, nutzte seine Chance, schnappte sich die Tafel und flüchtete zurück in den dichten Dschungel.

Ich habe mich also nicht getäuscht, wir wurden auf dem Weg hierher tatsächlich verfolgt. Aber nicht von einem Raubtier, sondern von Jake Murphy, dem Kunstdieb.

Allerdings war das erst einmal nebensächlich, ich musste Emily helfen. Sie weinte bitterlich, schrie und krümmte sich vor Schmerzen.

»Professor, helfen Sie mir. Bitte, es tut so schrecklich weh! Eine Kugel hat mich getroffen! Ich will noch nicht sterben«, schrie Emily.

Schnell kniete ich mich neben sie und drückte mein Halstuch auf die Schusswunde, um die starke Blutung zu stoppen. Dabei streichelte ich ihren Kopf, gab ihr einen sanften Kuss auf die Stirn und versuchte, sie mit meiner ruhigen Stimme und einigen liebevollen Worten zu beruhigen. Ich zitterte am ganzen Körper, mein Herz raste wie wild und ich bekam Magenschmerzen.

Meine beste Freundin lag direkt vor mir im Sterben. Das setzte mir sehr zu und ich war krank vor Sorge. Als Emily dann auch noch Blut hustete, war ich mir eigentlich sicher, dass ihr Ende nahte. Ich hatte noch nie einen angeschossenen Menschen gesehen und erschrak, als ich in ihr vor Angst und Schmerzen verzerrtes Gesicht sah. Doch ich empfand auch Güte, tiefes Mitgefühl und freundschaftliche Liebe für diese Frau, die mir so viel bedeutete, dass selbst die größten Meister der Poesie Schwierigkeiten damit gehabt hätten, meine Empfindungen zutreffend zu beschreiben. Als Emily meinen von Verzweiflung und Trauer erfüllten Blick hilfesuchend erwiderte, streichelte ich ihre linke Wange ganz zärtlich mit der Rückseite meines Zeigefingers. Dabei konnte ich nicht verhindern, dass mir einige Tränen übers Gesicht liefen, die meine Gefühle für sie offenbarten. Als Emily sah, wie ich um sie weinte, und spürte, wie sehr mich diese Situation berührte, veränderte sich ihr Blick. Ihr Gesichtsausdruck verriet mir deutlich, dass sie meine tiefe Gefühlsregung überraschte. Natürlich konnte sie aufgrund ihrer Amnesie nicht verstehen, warum ich offensichtlich so viel für sie empfand. Doch ich wusste es umso mehr.

Obwohl ich emotional sehr aufgewühlt war, versuchte ich, mich zu beruhigen, und untersuchte Emily. Ihre Bluse war durchtränkt mit Blut, sehr viel Blut. Die Kugel hatte sie offenbar in den Bauch getroffen. Die Wunde blutete stark, und man musste kein Arzt sein, um zu erkennen, dass Emily schwer verletzt war und in Lebensgefahr schwebte.

Glücklicherweise war Tonatiuh, der älteste und erfahrenste Maya-Führer, auch der Schamane des Stammes. Er untersuchte Emily ebenfalls und meinte zu mir, dass sie hier draußen im besten Fall noch drei Tage zu leben hätte.

Ich war bestürzt und erstarrte, als ich diese Worte hörte. Auf mir musste ein Fluch lasten, dessen war ich mir sicher. Das, was Emily in meiner Gegenwart zustieß, war nicht mehr durch bloßen Zufall zu erklären.

Ich war wie in Trance, hatte jedoch keine Zeit, diesen Gedanken weiterzuverfolgen, denn Tonatiuh schrie mich an: »Los, lauf den Pfad zurück, auf dem wir gekommen sind. Nach ungefähr fünfhundert Metern findest du einen besonderen Baum, du erkennst ihn an den vielen kleinen roten Früchten. Das ist ein Drachenblutbaum. Sammle ungefähr dreißig Beeren von dem Baum und bring sie zusammen mit einem Krug des abgekochten Wassers vom Lagerfeuer zu mir.«

So schnell ich konnte erledigte ich alles, was der alte Mann mir aufgetragen hatte, und brachte ihm die Beeren und das Wasser. In einer kleinen Holzschale rührte er aus dem heißen Wasser und den Beeren eine Art von Sirup oder Paste an, der Geruch erinnerte mich an Bier, Chili und Ananas. Dann schmierte der Schamane die zähflüssige Paste auf Emilys Wunde.

»Mehr kann ich nicht für deine Freundin tun. Diese Drachenblutpaste verlangsamt zwar die Blutung und fördert die Heilung, den nahenden Tod kann sie jedoch nicht unbegrenzt fernhalten«, erklärte er.

Ich kniete mich neben Emily auf den Boden und tupfte ihre inzwischen von kaltem Schweiß bedeckte Stirn trocken. Sie atmete schwer und konnte kaum sprechen. Ich wollte nicht glauben, was da passierte. Mir ging es furchtbar! Warum hatte ich nicht diese verdammte Steintafel untersucht? Vielleicht hätte ich Jake Murphy überwältigen können und es wäre gar nicht erst zu diesem verhängnisvollen Schuss gekommen? Natürlich, die Teilnahme an diesem Unterfangen war riskant, das war aber nur mir und den Indios wirklich klar.

Doch eines stand für mich fest: Wenn ich mir nichts einfallen ließe, würde Emily schon bald der Einladung des Sensenmannes folgen. Sollte sie es tatsächlich nicht schaffen, dann würde ich die Schuld dafür tragen, das wurde mir schnell bewusst.

Bei dem Gedanken daran verkrampfte sich mein Magen und ich stellte mir einige dringende Fragen. Hatte ich eigentlich das Recht gehabt, über ihren Kopf hinweg eine Entscheidung für sie zu treffen, die sie im schlimmsten Fall sogar ihr Leben kosten könnte? Schließlich hatte ich ihr die Risiken dieser Unternehmung ganz bewusst und berechnend verschwiegen, um sicherzustellen, dass sie auch mit mir in das Flugzeug stieg. Da ist es wieder: Mein eigensüchtiges Selbst, das sich von Zeit zu Zeit an die Oberfläche meines Wesens kämpft und zuverlässig verhindert, dass ich in der reißenden Flut des Altruismus ertrinke. Ich empfand Ekel und Abscheu vor mir selbst. Doch ich konnte diesen Teil von mir leider nicht herausschneiden und musste lernen, damit zu leben. Jeden Tag setzte ich mich gegen diesen machthungrigen Teil meiner Persönlichkeit zur Wehr und versuchte, nicht die Kontrolle zu verlieren. Das Böse durfte unter keinen Umständen die Oberhand gewinnen. Niemals!

Ich wollte mein Handeln daher vor mir selbst rechtfertigen und versuchte, innere Klarheit zu erlangen. Was trieb mich an und welchen Wert hatte die Freundschaft zu Emily für mich? Warum war mir dieser Freundschaftsbund so außergewöhnlich wichtig? Die besondere Verbindung mit Emily bedeutete mir viel, weil sie selten, wenn nicht sogar einzigartig war. Es war eine ungekünstelte Beziehung ohne oberflächliche Maskerade. Diese Verbindung beruhte stets auf Vertrauen, Gemeinsamkeit, Treue, Aufrichtigkeit, Selbstlosigkeit, emotionaler Intimität, Sympathie und Zuneigung. Es war eine bedingungslose und sehr herzliche Freundschaft mit großer emotionaler Nähe, der Liebe gleich, doch ohne sexuelles Interesse, zumindest ohne Raum für ein solches.

Ich schätzte diese Freundschaft obendrein ganz besonders, weil sie sich von den meisten anderen oberflächlichen Beziehungen deutlich unterschied. Meinen Beobachtungen nach wurde der Wert echter Freundschaften nämlich immer weniger wertgeschätzt. Das, was die meisten Menschen bereits als Freundschaft bezeichneten, hätte ich bestenfalls als Bekanntschaft bezeichnet.

Wir lebten in einer Zeit, in der das menschliche Miteinander immer stärker in den Hintergrund trat und die meisten Menschen nur noch nach Geld und sozialem Status strebten.

Aufgrund meiner Erfahrungen vermochte ich jedoch, echte und wahre Freundschaft zu erkennen. Die besondere freundschaftliche Verbindung zu Emily war wie bereits erwähnt ziemlich einmalig. Von Beginn an waren wir wie Seelenverwandte gewesen und Emily hatte mir stets die freundschaftliche Wärme gegeben, die ich brauchte. Aufrichtig und mit lauterem Herzen interessierte sie sich für mich und mein Wohlergehen. Sie hatte gespürt, wenn es mir schlecht ging, und ich hatte gespürt, wenn sie mich brauchte.

Wir waren echte Gefährten und kümmerten uns umeinander, in guten wie in schlechten Zeiten. Für mich war diese Freundschaft immer sehr wichtig gewesen, ebenso wichtig wie die romantische Beziehung mit meiner geliebten Ehefrau. Und zwar deshalb, weil meine Freundschaft andere Bedürfnisse befriedigte als meine Ehe.

Es verhielt sich in etwa so wie mit Nahrung und Wasser: Beides nährte unterschiedliche Prozesse im menschlichen Körper, doch bereits wenn eines davon fehlte, starb der Mensch.

Meine beste Freundin hatte ebendarum auch nie in Konkurrenz zu meiner Gattin gestanden, obwohl einige Menschen in unserem sozialen Umfeld dies befürchtet hatten. Doch darauf hatte ich nie viel gegeben, denn die meisten Menschen waren nicht von rascher Auffassungsgabe, prüde, engstirnig und in hochmütiger Weise eingebildet. Sie verstanden es einfach nicht, intensiv, aufrichtig und bewusst zu leben.

Mit Emily konnte ich Unterhaltungen auf andere Art und Weise führen, als ich es mit meiner Gemahlin vermochte. Zudem schätzte ich eine weitere weibliche Sichtweise auf viele Aspekte des Lebens. Aber auch ihre Anerkennung und Rückmeldung bei allem, was ich tat, war mir immer ein wichtiger Stützpfeiler in meinem Leben gewesen. Wenn ich an mir zweifelte, war es neben meiner lieben Frau auch Emily, die mich wieder aufbaute und mir Halt gab. Sie sagte mir zudem auch nie, was ich hören wollte, sondern immer, was sie dachte, auch wenn mir das oft nicht gefiel.

Dieselbe Art Freund war ich aber auch für Emily. Sie konnte sich immer auf mich verlassen und ich stand ihr fortwährend treu zur Seite. Wir teilten unsere Ängste und Schwächen und bündelten unsere Stärken. So konnte uns nichts aufhalten, wir waren ein gutes Gespann. Die ungezwungene Frische und Freiheit, aber auch der vielschichtige Charakter unserer Freundschaft komplettierten mein Leben, zusammen mit meiner Ehe, auf die wundervollste Art und Weise.

Für mich hatte es auf dieser Welt schon immer mehr zu entdecken gegeben als die rein körperliche Begierde. Ich wollte meinen Geist mit zwischenmenschlichen Beziehungen weiterentwickeln, denn auch hier gab es viel Interessantes zu erkunden. Und im Leben ging es doch darum, mehr zu werden, als man gestern noch war. Das war die Maxime, nach der ich lebte. Seit meiner Kindheit wurde mein Handeln dabei durch ein besonders hohes Maß an Einfühlungsvermögen bestimmt, was vielleicht auch der Grund dafür war, dass ich bevorzugt die seelenvolle Freundschaft zu Frauen suchte. Mit Männern ergaben sich solche Freundschaften nie, jedenfalls nie in der Art, dass ich mich dabei wohlfühlte. Tiefgründige und feinfühlige Gespräche gab es unter Männern praktisch niemals. Ein Umstand, der mich sehr störte, da ich nichts mehr verabscheute als Oberflächlichkeit.

Sicherlich war es auch hinderlich, dass ich selten Alkohol trank und mich nie für Fußball interessierte. Denn im Leben der meisten Männer standen solche Dinge im Vordergrund. Im Umkleideraum der Sporthalle unserer Universität gab es dementsprechend häufig nur eine armselige Auswahl an Gesprächsthemen. Es wurde überwiegend darüber gesprochen, welches Mädel aus dem Hörsaal die prallsten Brüste und den knackigsten Hintern hatte oder wer die meisten Kommilitoninnen ins Bett bekommen hatte. Und wenn es einmal nicht um Bettgeschichten ging, dann wurde lebhaft über Fußball oder andere sportliche Leistungen gestritten, selbstverständlich erst nachdem am Urinal des stillen Örtchens in sportlicher Wettkampfmanier die Penisgrößen verglichen worden waren und man sich mit der persönlichen Trinkfestigkeit beim letzten Pub-Besuch gerühmt hatte.

Ich konnte mich bei aller Nachsicht einfach nicht für diese primitive, vulgäre und ordinäre männliche Kultur begeistern und beschäftigte mich stattdessen vorzugsweise mit tiefsinnigen und gehaltvollen Dingen.

Die Freundschaft mit Emily bedeutete mir daher mindestens so viel wie mein eigenes Leben. Aber dennoch stellte ich mir weitere Fragen: Was würde Emily wollen? Rief sie vielleicht im tiefsten Innern mit ihrem verlorenen alten Selbst um Hilfe? Erwartete sie von mir, dass ich alles tat, um ihr zu helfen, oder würde sie wollen, dass ich der Natur ihren Lauf ließe?

Ich will ihre Amnesie heilen und nun ist sie kurz davor, ihr Leben durch eine Schusswunde zu verlieren. Hätte ich sie nicht in diesen Urwald gelockt, wäre das nicht passiert! Ist

mein Vorhaben also dennoch tugendhaft und edelmütig
oder vielleicht nur selbstsüchtig und egoistisch?

Auf jeden Fall hätte Emily unsere Freundschaft nicht
aufgegeben, wenn es umgekehrt gewesen wäre und eine
Chance auf meine Rettung bestünde, dessen war ich mir
sicher. Also beschloss ich, weiter für sie zu kämpfen, und
war mir aus irgendeinem Grund sicher, dass sich die Es-
senz unserer Freundschaft immer noch irgendwo in den
verborgensten Tiefen ihrer Seele versteckte.

Im Hospital versuchte man mir allerdings, jede Hoffnung auf Emilys Genesung zu nehmen. Die Ärzte sprachen von Dingen wie göttlicher Fügung und Schicksal, und
die Oberschwester riet mir sogar, von Emily Abstand zu
nehmen, um meinen unerträglichen Schmerz zu lindern.
Damit war ich aber damals schon ganz und gar nicht ein-
verstanden gewesen und drückte der Schwester entrüstet
meine Ablehnung aus. Ich war noch nie ein Freund von
abenteuerlichen Mutmaßungen gewesen und Schicksals-
gläubigkeit war für mich nur etwas für Schwachköpfe.
Ferner wollte ich in diesem Fall auch nicht akzeptieren,
dass ein übernatürliches Wesen in die Weltgeschehnisse
eingriff und ausgerechnet meine beste Freundin und ich
nun die Leidtragenden sein sollten. Nein, das kam überhaupt nicht in Frage!

Grundsätzlich vertrat ich die Auffassung, dass der
Ablauf von Ereignissen im Leben eines Menschen bis
auf wenige Ausnahmen von seinen Entscheidungen bestimmt wurde. Man konnte sich dem Wirken der Natur
also kampflos ergeben oder gezielt und bestimmt darauf
reagieren.

Die Gedanken an Emily waren schlimm. Sie quälten mich am Tag und peinigten mich in der Nacht. Daher wollte ich irgendetwas unternehmen. Hier ging es schließlich um meine Freundin und dafür wäre ich sogar mit Gott und dem Teufel in den Ring gestiegen!

In diesen Gedanken versunken, saß ich am Lagerfeuer und starrte in die Flammen. Es wurde langsam dunkel, da kam plötzlich der Schamane und setzte sich zu mir.

»Was ich dir jetzt sage, ist ein seit Jahrtausenden streng gehütetes Geheimnis unseres Volkes, du darfst mit niemandem darüber sprechen, du musst es schwören!«

Ich nickte pflichtschuldig und antwortete: »Natürlich, ich schwöre, dass ich dieses Geheimnis bewahren werde!«

Der Schamane erzählte mir sodann von einer uralten Überlieferung, wonach es in dieser sagenumwobenen Steinhöhle nicht nur den blauen Stein der Freundschaft, sondern auch einen Stein des Mutes und einen Stein des Lebens gab.

»Der rote Stein des Mutes ermöglicht es einem Krieger, jedes Abenteuer und jeden Kampf zu bestehen. Der gelbe Stein des Lebens gibt einem Menschen, dessen Tod nahe ist, seine volle Lebensenergie zurück.«

Tonatiuhs Worte riefen eine euphorische Aufbruchstimmung in mir wach. Plötzlich verspürte ich wieder Hoffnung. Die Legende der magischen Steine, von der mir die Dorfältesten und vorher bereits Professor Henderson an der Universität in Cambridge erzählt hatten, war offenkundig doch keine Fiktion.

Überglücklich und rasend vor Begeisterung sagte ich dem Schamanen, dass ich dann in logischer Konsequenz zuerst den Stein des Lebens nutzen würde, um Emily zu heilen. Direkt danach würde ich den Stein der Freund-schaft einsetzen, um dafür zu sorgen, dass sich Emily wieder an mich und unsere gemeinsame Vergangenheit erinnern konnte. Das war mein Plan und mich konnte nichts mehr aufhalten.

Der Schamane wollte mir allerdings auf einmal nicht mehr in die Augen schauen. Seltsam, irgendetwas verbarg er vor mir, da war ich mir sicher.

An diesem Abend wusste ich noch nicht, dass ich bald darauf die schwierigste Prüfung meines Lebens zu be-stehen hätte.

DIE HÖHLE

Emily blieb nicht mehr viel Zeit, wir mussten sofort aufbrechen und diese sagenumwobene Höhle mit den Maya-Steinen finden. Das war ohne Zweifel Emilys letzte Chance.

Ich packte meine Sachen zusammen und stopfte alles in meinen Rucksack. Als ich seinen Sitz durch leichtes Nachjustieren der Schultergurte verbessern wollte, bemerkte ich jedoch, dass bei den Lastenträgern offenbar keine Aufbruchstimmung herrschte. Ich fragte Chakpaakat, warum sich die jungen Indios nicht auf den Abmarsch vorbereiteten.

»¡Oscuridad, espíritu!«, rief er mir zu.

Das bedeutete so viel wie *Dunkelheit* und *Geist*. Aufgrund dieser seltsamen Aussage runzelte ich die Stirn und schaute den Schamanen mit großen Augen an. Der sah mein konsterniertes Gesicht und erklärte mir das Verhalten der Eingeborenen:

»Einige der Männer sind abergläubisch und weigern sich, in der Dunkelheit aufzubrechen. Nachts erwachen im Dschungel die bösen Geister und machen Jagd auf die Lebenden, glauben sie.«

Ich flehte Tonatiuh an, sich etwas einfallen zu lassen. Bei ihm war ich mir sicher, dass er nach dem jahrelangen Konsum von Obstwein und diversen psychoaktiven Pflanzen ganz sicher keine Angst mehr vor Geistern hatte.

Er überlegte kurz, warf mir einen zuversichtlichen Blick

zu und nickte. Dann zeigte er auf meinen Gürtel und verlangte meine ovale silberne Gürtelschnalle. Sie hatte florale Verzierungen und es waren prachtvolle türkise Steine eingearbeitet.

Mit skeptischem Blick, es handelte sich schließlich um ein Erbstück, gab ich ihm zögernd meine geliebte Gürtelschnalle und wartete gespannt ab. Ich konnte es kaum erwarten, zu erfahren, was er damit vorhatte.

Der Schamane rief die Träger zusammen und hielt eine mystische rituelle Zeremonie ab. Dabei verbrannte er unter starker Rauchentwicklung eine Mischung diverser Kräuter im Lagerfeuer, zerkaute Teile einer ganz besonderen Liane im Mund und spuckte diese dann auf meine Gürtelschnalle. Dazu vollführte er kunstvolle Armbewegungen und sprach eine Art Zauberspruch. Im Anschluss an die Zeremonie rief er Mextli, den ältesten Träger der Indios, zu sich und übergab ihm meine Gürtelschnalle. Er erklärte dem Krieger, dass es sich bei der Gürtelschnalle um ein magisches Amulett handele, welches die bösen Geister bei Nacht fernhalten würde.

Bei den alten Naturvölkern gehört der Schamane eines Stammes zu den wichtigsten und meistrespektierten Personen, daher glaubten die Indios ihm bedenkenlos und bereiteten endlich den Abmarsch vor.

»¡Rápido! ¡Rápido!«, ermahnte ich die Krieger.

Wir durften keine Zeit mehr verlieren. Damit wir schnellstmöglich aufbrechen konnten, forderte ich die Führer auf, nur das Nötigste zusammenzupacken und die Öllampen für den Marsch durch den dunklen Dschungel einsatzbereit zu machen.

Mit ernster Miene, aber treuen Augen, sah Tepoztecatl mich an und sagte: »Si, Patrón!«

Bevor wir aufbrachen, suchte ich gemeinsam mit dem Schamanen noch einmal Emily auf. Es ging ihr schlechter, sie weinte, fantasierte und hatte starke Schmerzen.

Wir machten uns Sorgen, weil sie in diesem Zustand nicht transportfähig war. Doch der Schamane wusste wie immer Rat, griff in seine Ledertasche und gab Emily etwas von einer rätselhaften und übelriechenden Flüssigkeit zu trinken. Die stinkende Brühe befand sich in einer kleinen, geheimnisvollen Tonflasche, die ungefähr 250 Milliliter fassen konnte und mit einem Korken verschlossen war. Auf meine Nachfrage erklärte mir der Schamane, dass es sich um ein natürliches Aufputschmittel handelte.

»Es ist eine Mischung aus dem Gift eines sehr seltenen Streifenfrosches und diversen Pflanzenextrakten. Darüber hinaus sind Guarana, Mate, Camu, Chanca Piedra, Katzenkralle, Sangre de Drago und weitere Geheimzutaten enthalten.«

Dieses Tonikum sollte Schmerzen ausschalten sowie Körper und Geist für viele Stunden beruhigen, versprach der Schamane. Und es dauerte tatsächlich nur wenige Minuten, bis die versprochene Wirkung eintrat. Emily fühlte sich offensichtlich besser und hatte weniger Schmerzen. Das zu sehen half mir dabei, mich auch ein wenig zu entspannen. Doch die Verantwortung für dieses zarte Geschöpf lastete weiter schwer auf meinem Gewissen und ich fühlte mich so schuldig wie noch nie zuvor in meinem Leben.

Was hatte ich nur getan? Diese Frage stellte ich mir immer und immer wieder. Mir ging es überhaupt nicht gut, und ich versuchte, sooft es ging, in ihrer Nähe zu sein. Das half mir dabei, mich besser zu fühlen. Ich gab Emily noch einen zärtlichen Kuss auf die Stirn und streichelte ihren Kopf. Daraufhin beruhigte sie sich und schlief wenige Minuten später ein. Doch vorher flüsterte sie mir noch etwas ins Ohr – eine wichtige Information, die mir wieder Hoffnung gab.

Von frischer Zuversicht erfüllt, schob ich die traurigen und von zähem Selbstmitleid triefenden Gedanken in meinem Kopf beiseite und konnte es kaum erwarten aufzubrechen. In meinem rauschhaften Zustand optimistischer Begeisterung hatte ich jedoch beinahe übersehen, dass wir etwas Wichtiges vergessen hatten: Da Emily nicht auf eigenen Füßen laufen konnte, benötigten wir eine stabile und sichere Möglichkeit, um sie zu transportieren. Die einfallsreichen und handwerklich geschickten Indios erkannten das Problem sofort und bauten eine provisorische Krankentrage aus allem, was der Urwald hergab. Das Endprodukt sah gut aus. Die Männer hatten ein großes Stück Stoff von einem unserer Zelte mit zwei stabilen langen Ästen verbunden. So war eine leicht durchhängende Liegefläche entstanden, in die wir Emily auch direkt hineinlegten. Eine solche Trage ermöglichte uns eine höhere Marschgeschwindigkeit und sollte dafür sorgen, dass Emily keinen weiteren Schaden durch zu viele Erschütterungen nahm.

Eilig bestimmte der Schamane zwei Träger, dann löschten wir das Lagerfeuer, entzündeten die Dochte unserer Öllampen und marschierten los. Es waren robuste und windfeste Sturmlaternen, und wir verfügten über mehr als genug Petroleum in unserem Gepäck, um die Laternen einige Wochen betreiben zu können, falls nötig. Durch diese Lampen hatten wir ausreichend Licht, um einigermaßen sicher durch den Dschungel marschieren zu können.

Das musste einfach ausreichen. Es stand zu viel auf dem Spiel. Wir konnten jetzt nicht aufgeben. Die Trage, auf der wir Emily so behutsam wie möglich transportierten, nahmen wir in unsere Mitte. Die langsamsten Männer gingen voraus. Dadurch konnten wir eine einheitliche Marschgeschwindigkeit erreichen und die Gruppe blieb zusammen.

Auch Emily schien mit den Transportbedingungen gut zurechtzukommen. Sie schlief tief und fest und war nicht mehr so unruhig. Der Zaubertrank half offenbar und Emily ging es sichtlich besser. Dennoch war ich mir der Tatsache bewusst, dass dieser Trank des Schamanen nur Schmerzen unterdrückte, die lebensbedrohlichen Verletzungen aber nicht vollends heilen konnte.

Gerade in dem Moment, als ich darüber nachdachte und überlegte, ob wir uns noch auf dem richtigen Weg befanden, kam der Schamane zu mir. Er bekundete seinen Unmut darüber, dass wohl keiner seiner Krieger den genauen Weg zur Höhle der Yucatán-Steine kannte.

Ich sah ihn an und quittierte seine Worte mit einem selbstsicheren Lächeln, weil ich mich daran erinnerte, was Emily mir im Lager ins Ohr geflüstert hatte, kurz bevor sie eingeschlafen war. Sie hatte mir anvertraut, dass es ihr gelungen war, die alte Karte auf der Steintafel zu entschlüsseln, und dass sie sich den genauen Weg eingeprägt hatte. Dann hatte sie mir den exakten Standort der geheimen Höhle verraten.

»Wir müssen nach Süden gehen und dem roten Pfad der Ahnen folgen. Ungefähr nach drei Stunden sollten wir eine weitere Lichtung erreichen. Dort müsste der Eingang zur Höhle sein«, sagte ich.

Und der Schamane ergänzte: »Den alten Legenden nach ist der Eingang zur Höhle sehr schmal und tief im Unterholz verborgen. Man erkennt ihn an den besonderen blauen Orchideen, die es nur dort gibt, denn die Blätter sind innen weiß.«

Um den roten Pfad der Ahnen zu erreichen, mussten wir uns ungefähr sechs Kilometer durch dichten Urwald schlagen. Der Weg war beschwerlich und voller Gefahren, denn es war dunkel und in der Dunkelheit waren besonders die Lauerjäger aktiv und suchten nach Beute. Davon konnten wir uns jedoch nicht aufhalten lassen, denn Emily ging es von Stunde zu Stunde schlechter und der Schamane sah ernsthaft besorgt aus. Ich erkannte kaum noch Zuversicht in seinem Blick, doch er gab nicht auf. Deshalb war ich den mutigen und ausdauernden Indios auch sehr dankbar für ihren Einsatz. Sie riskierten Leib und Leben für Menschen, die ihnen unbekannt waren. Sie setzten sich einfach mit ganzem Herzen für diese Sache ein. Ein Mensch war in Not und meine Motive waren in ihren Augen edelmütig. Dies reichte den Eingeborenen aus, um uns zu helfen.

Damit verdienten sie sich meinen Respekt, doch mir kamen erneut große Bedenken hinsichtlich der Verhältnismäßigkeit meines Vorgehens und die quälende Ungewissheit, ob mein Vorhaben schlussendlich funktionieren würde, paralysierte mein Gehirn. Ich war aber immer noch davon überzeugt, richtig zu handeln, jedoch schämte ich mich für die unbestreitbare Tatsache, dass mir die Kontrolle über die Situation offensichtlich entglitten war. Doch man mühte sich bekanntlich immer besonders für das, was man liebte, daher wollte ich nicht nachgeben. Es war wichtig, in dieser beinahe hoffnungslosen Situation die Contenance zu wahren und nicht zu vergessen, für wen und für was ich kämpfte, denn am Tag des Weltendes wollte ich vor dem göttlichen Gericht mit einer ausgezeichneten Reputation aufwarten. Eigentlich hatte ich kein Interesse daran, von Gott auf die Probe gestellt zu werden, doch das war seine Prüfung für mich. Es war offensichtlich und ich verstand es. Was ich ebenfalls sicher wusste: Diese Prüfung würde ich bestehen. Über andere Optionen wollte ich nicht einmal nachdenken.

Nachdem wir ungefähr die Hälfte des Weges hinter uns gelassen hatten, ordnete der Schamane eine kleine Rast an. Die Männer waren erschöpft und konnten sich kaum noch auf den Beinen halten. Die Krieger hatten beinahe so viele Muskeln wie ein Gorilla und ihre Oberarme hatten den Umfang meiner Oberschenkel. Doch selbst für solch kräftige Burschen war es kein leichtes Unterfangen, Emily auf der Krankentrage durch den Urwald zu transportieren. Die Indios waren daher froh über eine kleine Verschnaufpause und legten Emily behutsam auf dem Boden ab.

Währenddessen ertappte ich mich dabei, wie ich zu Gott betete. Ich versuchte, mit ihm um das Leben von Emily zu verhandeln. In meiner tiefen Verzweiflung schrie ich innerlich zu Gott und flehte ihn an, Emily nicht den Preis für meine Unvollkommenheit bezahlen zu lassen. Wollte er vielleicht nur sehen, wie weit ich wirklich bereit war zu gehen? Vielleicht sollte ich mich auch nur von meiner Selbstsucht lösen und das Wohlergehen meiner Freundin über mein eigenes stellen? Ich wollte doch nur, dass es in diesem Spiel ausnahmsweise einmal zwei Gewinner gab. War das in moralischer Hinsicht so falsch und unannehmbar?

Mittlerweile waren der Seelenschmerz und die Abscheu über meine begangenen Fehler so groß, dass ich Gott mein Leben im Tausch für Emilys anbot. Ich hätte diese Strafe als verdient und gerecht empfunden. Wenn man Emily und mir kein gemeinsames Glück gestatten wollte, dann hätte ich mein Leben für ihres gegeben. Obgleich ich es tief in meinem Herzen nur gut gemeint hatte und unsere Freundschaft retten wollte, hätte ich niemals mit der Schuld leben können, dass sie aufgrund meiner Initiative ihr Leben verlor, was nicht passieren durfte. Zu mir selbst war ich in solchen Dingen immer ehrlich und unfähig, mich selbst zu betrügen. Auch wenn dies oftmals nicht immer von Anfang an funktionierte, denn häufig sorgten meine intensiven Gefühlsempfindungen dafür, dass ich Dinge zunächst nicht so sah, wie sie tatsächlich waren. In einem Anfall von Naivität war ich dann allzu optimistisch und sah nur das Positive. Doch es ging hier um Emily und ich wollte mich nicht von Gefühlen und einer rätselhaften Versuchung durcheinanderbringen lassen. Ich war sehr traurig und enttäuscht – von mir und der ganzen Welt.

Während ich noch mit den Tränen kämpfte, hörten wir plötzlich ein leises Rascheln, das aus dem dichten Dschungel vor uns kam. Die Stimmen der Männer verstummten sofort, Angst lag in der Luft. Aufgeregt leuchtete der Schamane mit seiner Öllampe in den dunklen Wald hinein, doch es war nichts zu sehen.

»Was ist los?«, wollte ich wissen, da knackte es wieder, doch dieses Mal kam es aus dem Unterholz rechts von uns.

Die Indios gerieten in Panik, sie nahmen ihre verrosteten Macheten in die Hand und starrten gebannt in die Dunkelheit.

»Es ist der Onza! Es ist der Onza! Bleibt alle dicht zusammen!«, schrie der Schamane.

Die Männer hatten große Angst, doch ich wusste mit diesem Aufstand nichts anzufangen. Hatten die Indios jetzt doch wieder Furcht vor Geisterwesen? Nun wurde ich auch nervös und beschloss, den Schamanen zu befragen. Schließlich mussten wir auch wegen Jake Murphy auf der Hut sein. Niemand wusste, was dieser Schweinehund noch alles im Schilde führte.

»Vor was habt ihr so panische Angst?«

»Irgendetwas Großes dort im Dschungel umkreist uns und wir befinden uns mitten im Revier des Onza!«

»Was ist der Onza?«, erkundigte ich mich.

»Der Onza ist eine ziemlich gefährliche Großkatze. In Europa kennt ihr sie unter dem Namen Jaguar. In unserer Kultur glauben wir, dass die Götter uns in Gestalt eines Onza heimsuchen, wenn wir ungehorsam waren. Für gewöhnlich holt er sich dann einen unserer Liebsten. Vor vielen Jahren wurde ich Zeuge eines solchen Vorfalls: Der Onza griff einen jungen Krieger aus meinem Dorf an. Er sprang von einem Baum herab auf den Rücken des Mannes und tötete ihn mit einem kräftigen Biss in den Kopf. Diese Raubkatze ist erbarmungslos und brutal. Sie überwältigt sogar Capybaras, Hirsche, Rinder und Kaimane.«

Unter dem Begriff Jaguar war mir dieses Tier sehr wohl bekannt. An der Universität besuchte ich immer mal wieder Vorlesungen über Zoologie, speziell die Tierwelt in Süd- und Mittelamerika interessierte mich außerordentlich. Daher wusste ich, dass der Jaguar der Spitzenprädator auf diesem Kontinent war und für Menschen höchst gefährlich werden konnte. Von den Experten der Universität hatte ich aber auch gelernt, dass man diese Tiere durch laute Geräusche und Feuer in die Flucht schlagen konnte.

»Macht so viel Lärm wie möglich und zündet die Fackeln an!«, rief ich den Männern zu.

Als sie anfingen, laut zu schreien und auf die leeren Blechkanister zu trommeln, in denen wir das Petroleum transportierten, hörten wir ein lautes Knacken und Rascheln im Unterholz, dann wurde es still. Wir mussten das, was uns dort im Wald aufgelauert hatte, verjagt haben, denn wir hörten keine weiteren Geräusche mehr.

Der Schrecken nahm jedoch kein Ende. Als sich Xochipilli, der kleinste und liebenswerteste der Indios, an einen Baum lehnte, um sich von der Aufregung zu erholen, fing er plötzlich an, markerschütternd zu schreien. Er wurde von einem riesigen Skolopender direkt in den Hals gebissen, das Tier war mindestens vierzig Zentimeter lang und beinahe so dick wie der Arm eines Kindes. Diese dunkelroten Hundertfüßer verfügten über ein tödliches und schnell wirkendes Gift. Das wurde auch Xochipilli zum Verhängnis. Begleitet von starken Schmerzen und Schüttelkrämpfen, starb er innerhalb weniger Minuten. Wir waren alle sprachlos, der Schock saß tief.

Jetzt bin ich erstmalig indirekt verantwortlich für den Tod eines Menschen. Ist es das alles wirklich wert?

Natürlich entsprach es meiner Natur, dass sich mein Gewissen zu Wort meldete und mich dazu zwang, über den Wert eines Menschenlebens nachzudenken. Infolgedessen erwischte ich mich dabei, wie ich begann, das Leben meiner Freundin Emily gegen das Leben dieses Eingeborenen abzuwägen. War es in Ordnung, einen Menschen zu opfern, um das Leben eines anderen zu retten? Es spielte keine Rolle, wie lange ich darüber nachdachte, ich kam zu keiner befriedigenden Antwort. Natürlich war ich mir der Konsequenzen bewusst, die der Tod dieses Indios haben würde, dennoch versuchte ich, die Situation nicht zu nah an mich heranzulassen. Das fiel mir beileibe nicht leicht, denn das Leben seiner Frau war zerstört und seine Kinder würden ohne Vater aufwachsen. Das war ohne Zweifel fürchterlich, doch ich hatte diesen Mann kaum gekannt. Mit meiner Freundin Emily verband mich hingegen viel, sie bedeutete mir die Welt und vielleicht mehr, als ich mir eingestehen wollte. Daher war ich fest entschlossen, sie zu retten, und wenn dabei ein Indio sein Leben lassen musste, dann war das für mich ein vertretbares Opfer. Mein Gewissen tanzte Polka, und ich versuchte, es zu beruhigen, indem ich mir einredete, dass ich das Sterben nicht erfunden hätte. Ich war nur ein Mitspieler in dem gnadenlosen Spiel auf Leben und Tod und ich konnte es nicht gewinnen. Niemand vermochte das. Also versuchte ich wenigstens, das Unausweichliche zu meinen Gunsten zu optimieren. Diese rohen und gefühllosen Gedanken machten mir selbst ein wenig Angst, doch Emily hatte für mich einfach den höheren Wert. Erneut wurde meine Eigensucht zum listigen Diener des Teufels, doch für mich zählte nur noch Emilys Überleben. Machte mich das zu einem schlechten oder gar bösen Menschen? Ich wusste es nicht. Tatsache war jedoch, dass wir uns um den toten Eingeborenen kümmern mussten. Er hatte es nicht verdient, auf dem Waldboden zu verrotten.

Sein Leichnam musste also so schnell wie möglich

geborgen werden, denn er lockte auch Aasfresser und Raubtiere an. Glücklicherweise kümmerte sich der Schamane darum und schickte Itzli, einen der schnellsten Indios, zurück in das Dorf, um Hilfe zu holen. Kurz darauf gab der Schamane auch für uns das Kommando zum Aufbruch, denn Emily hatte nicht mehr viel Zeit und niemand wollte ein weiteres Todesopfer betrauern müssen. Außerdem sollte Xochipilli nicht umsonst gestorben sein. All das spornte uns an und wir marschierten los.

Nach einigen Stunden erreichten wir endlich den roten Pfad der Ahnen. Der Boden dieses Weges besaß tatsächlich eine rötliche Farbe, was vermutlich durch einen hohen Anteil an rotem Quarzit und Eisen im Sand erklärt werden konnte.

»Die Legenden des Stammes besagen, dass dieser Pfad von dem Blut der mächtigsten Krieger des ersten Zeitalters, als die Götter auf die Erde herunterkamen und gegen die Menschen Krieg führten, rot gefärbt wurde«, flüsterte mir der Schamane zu.

Wir glaubten uns fast am Ziel. Verzweifelt suchten wir in der Gegend nach einer Landmarke oder anderen auffälligen Dingen, fanden aber nichts. Wir folgten dem zugewucherten Weg noch für ungefähr drei Stunden, als wir eine große Lichtung erreichten. Es war genau so, wie Emily es mir beschrieben hatte.

Völlig entkräftet suchten wir die Lichtung nach dem Eingang zu dieser sagenumwobenen Höhle der Yucatán-Steine ab, doch wir fanden wieder nichts. Um uns herum waren nur Bäume und hohe Felsen zu sehen, aber leider kein Eingang zu einer Höhle. Die Karte musste falsch gewesen sein oder Emily hatte sie doch nicht richtig gelesen.

In diesem Moment fiel mir ein, dass der Schamane von diesen ganz besonderen blauen Orchideen gesprochen hatte, deren Blätter von innen weiß waren. Diese sollten offenbar den Eingang der Höhle markieren. Wie Bluthunde suchten wir den gesamten Bewuchs am Rand der Lichtung ab, konnten derartige Orchideen aber nirgendwo entdecken.

Langsam verloren wir jede Hoffnung und Emily blieb nicht mehr viel Zeit. Es war wie beim Roulette in der Spielbank. Hatte ich meine Jetons vielleicht zu oft auf die falsche Farbe gesetzt? Der Einsatz in diesem Spiel war hoch, und der Beelzebub freute sich offenbar darüber, dass er Croupier an meinem Tisch war.

Dieser Dschungel war die Hölle und ich verfluchte den Tag meiner Geburt. Die ganze Gruppe einschließlich des Schamanen richtete ihre hilfesuchenden und von Verzweiflung getrübten Blicke auf mich. Sie warteten auf Anweisungen, doch was sollte ich sagen? Es gab nur selten Momente in meinem Leben, in denen ich nicht mehr weiterwusste, aber dieser war einer davon. Der gewaltige Druck, der auf mir lastete, so schwer wie das Wasser aller Ozeane, drohte mich langsam zu zermalmen, und ich gelangte zu der Erkenntnis, dass ich am Ende, wenn es wirklich schlimm wurde, stets allein dastand.

Die meisten Menschen gingen den Weg gern mit mir gemeinsam, solange dieser von der wärmenden Sonne erleuchtet wurde, doch wenn sich die Sonnenscheibe verdunkelte, dann verschwanden diese Gefährten sehr schnell und ich war auf mich allein gestellt. So hatte es sich in meinem Leben bisher immer verhalten, und der Ausblick auf das, was mit meiner besten Freundin passieren könnte, wenn ich diese Steine nicht finden würde, heizte meinem Gewissen so gnadenlos ein wie frische Kohle in der Feuerbüchse des Kessels einer Dampflokomotive.

Die verlorenen Seelen der Unterwelt würden mich bis ans Ende aller Tage jagen und für das, was ich Emily angetan hatte, im Totenreich niemals zur Ruhe kommen lassen.

Ist das alles nur Fiktion? Bin ich wirklich ein solcher Idiot, dass ich Leib und Leben für eine falsche Legende riskiere? Vielleicht hat sich diese Geschichte nur ein betrunkener Indianer ausgedacht, um am Lagerfeuer Eindruck machen zu können?

Ich ließ mich fallen und schlug mit geballten Fäusten mehrfach hintereinander wie wild auf den harten sandigen Boden dieses verfluchten Dschungels. Mein Herz klopfte schneller als ein Specht auf Futtersuche am Stamm eines abgestorbenen Baumes und ich schwitzte so stark, dass mir der Schweiß in die Augen lief. Mir wurde schwindelig. Entweder hatte ich in diesem Augenblick einen Nervenzusammenbruch oder ich stand kurz davor. Ich konnte jedenfalls nicht mehr weiter. Mein Körper zeigte mir ganz deutlich meine Grenzen auf. Es gab kaum noch Hoffnung, und der Frust und die Enttäuschung raubten mir beinah jeden Willen, die Suche weiter fortzusetzen. Doch gerade als ich mich in mein Schicksal ergeben wollte, machte der Schamane die entscheidende Beobachtung: Er sah, wie eine kleine Rotte Pekaris auf einmal mit hoher Geschwindigkeit auf die große Felswand nördlich von ihm zurannte und dann im Felsen verschwand. Er wollte seinen

Augen nicht trauen, doch die Nabelschweine lösten sich buchstäblich in Luft auf, als sie die Wand erreichten. Der Schamane sah mich mit aufgerissenen Augen an.

»Das muss es sein! Ich habe gerade ein starkes Schaudern verspürt. Eine unsichtbare Präsenz ist in der Nähe«, rief er aufgeregt.

Das wollten wir uns genauer ansehen und liefen hinüber zu der Stelle, an der die Pekaris verschwunden waren. Wir fanden dort tatsächlich die besagten blauen Orchideen, sie wuchsen an dem Felsen. Direkt darunter fanden wir auch die Fährten der Schweine.

Etwas war jedoch seltsam, denn die Spuren führten nur bis zur Felswand hin, aber es gab keine Spuren, die von dem Felsen wegführten. Dies hätte man jedoch erwartet, da es an einer solchen Wand für gewöhnlich kein Weiterkommen mehr gab.

Natürlich wollte ich das Ganze genauer in Augenschein nehmen und schritt vorsichtig auf die Felswand zu. Ich näherte mich dem Felsen bis auf eine Entfernung von ungefähr fünfzig Zentimetern und streckte den rechten Arm aus. Aufregung durchströmte meinen ganzen Körper. Mein Herz schlug wie wild, und ich begann zu schwitzen. Als ich die Hand noch näher an den Felsen heranführte, beobachtete ich, wie sich die Haare auf meinem Arm aufstellten und von einer unsichtbaren Kraft in Richtung des Felsens gezogen wurden, fast so wie bei einer elektrostatischen Aufladung. Es war ein kraftvolles und warmes Gefühl, das mir eine Heidenangst machte. Für den kurzen Zeitraum eines Augenblicks überlegte ich, ob ich noch im Vollbesitz meiner geistigen Kräfte war, und zog die Hand wieder zurück.

Mir war schon immer bewusst gewesen, dass es viele Dinge zwischen Himmel und Erde gab, von deren Existenz wir Menschen noch nie etwas gehört hatten. Und dieses Phänomen gehörte zweifelsohne dazu.

Mein Bauchgefühl sagte mir, dass ich besser von diesem Ort verschwinden sollte. Auf meine Intuition konnte ich mich bisher immer ausgesprochen gut verlassen. Doch der Wissenschaftler in mir wollte Fakten schaffen, und so hob ich einen Stein vom Boden auf und warf ihn direkt auf die Stelle in der Felswand, wo die Nabelschweine verschwunden waren.

Gebannt verfolgten wir den Stein auf seiner Flugbahn durch die Luft, und es kam uns so vor, als ob die Zeit stehen geblieben wäre. In dem Moment, als wir mit dem Aufprall des Steins rechneten, verschwand dieser plötzlich mitten in der Felswand. Der Bereich, wo der Stein eindrang, reagierte dabei mit seltsamen wellenartigen Bewegungen auf den Gegenstand, beinahe so wie eine Flüssigkeit, doch es war Luft. Davon gingen wir zumindest aus.

Der kleine Stein war jedenfalls nicht mehr zu sehen und nach wenigen Sekunden beruhigte sich diese wabernde Naturerscheinung von ganz allein. War es vielleicht nur eine Illusion gewesen?

Ratlos sah der Schamane mich an. »So etwas habe ich noch nie gesehen. Auch in den jahrtausendealten Überlieferungen unseres Stammes wird an keiner Stelle von einem Phänomen dieser Art berichtet.«

»Um was könnte es sich denn deiner Meinung nach handeln?«, fragte ich ihn.

»Ich glaube, wir wurden soeben Zeuge von etwas, das nicht von dieser Welt ist. Dieser Zauber ist sehr stark und übertrifft alles, was ich bisher gesehen und gehört habe. Es muss etwas aus der Zeit der alten Götter sein.«

»Was, glaubst du, passiert, wenn man dort hindurchgeht?«

»Schwer zu sagen. Ich weiß nicht mal, ob dieser Zauber überhaupt etwas versteckt. Es könnte ebenso gut auch ein Portal sein, das in eine andere Zeit oder in eine andere Welt führt!«

Seinen Worten nach zu urteilen, hielt der Schamane es für sehr gefährlich, dort hindurchzuschreiten. Doch uns war klar, dass Emily die Zeit davonlief, also nahmen wir unseren ganzen Mut zusammen und beschlossen, zusammen durch diese magische Barriere zu gehen. Für die Indios war diese unheimliche Kuriosität gleichermaßen von großer Bedeutung, wollten sie doch unbedingt erfahren, was auf ihrem Territorium vor sich ging.

Bei all der Aufregung bemerkten wir nicht, dass wir die ganze Zeit beobachtet wurden und uns das Böse offenbar unnachgiebig verfolgte.

DIE KAMMER DER STEINE

Die bevorstehende Passage durch die Barriere erzeugte bei mir einen Anflug von Skepsis und Spannung, trotzdem machte ich den ersten Schritt und schob ganz langsam einen Finger hindurch. Ich fühlte ein leichtes Kribbeln und einen kaum wahrnehmbaren Widerstand, als die Fingerkuppe meines Mittelfingers die Barriere berührte und diese einen Wimpernschlag später durchstieß. Es fühlte sich beinahe so an, als ob ich meinen Finger in Götterspeise drückte. Die Barriere war also nicht besonders dick. Auf der anderen Seite angekommen, spürte ich sehr kalte Luft an der schweißfeuchten Spitze meines Fingers. Es war deutlich kälter als die tropische Hitze im Dschungel, dennoch war ich froh, weil die Tatsache, dass mein Finger diesen Temperaturunterschied noch an mein Gehirn weiterleitete, mir zeigte, dass sich mein Finger noch an meiner Hand befand. Selbstverständlich war das für mich jedoch nicht. Denn um ehrlich zu sein, hielt ich das Risiko, dass mein Finger beim Durchbrechen der Barriere hätte abgerissen werden können, für ziemlich hoch. Schließlich wussten wir nicht das Geringste über dieses Phänomen, und ich fragte mich, wie stabil diese Barriere war und ob wir es mit einer Teleportationsvorrichtung oder mit einer bisher unbekannten Form von Energie zu tun hatten. Wie auch immer, mir fehlte nichts und das sorgte für ausreichend Zuversicht, sodass ich den Rest meines

Körpers hinterherschob. Ich schloss die Augen, verdrängte alle Gedanken und ging hindurch.

Mein ganzer Körper begann zu kribbeln, und ich fühlte einen diffusen Druck, der auf meinen Kopf einwirkte. Gerade als mir übel wurde, erreichte ich die andere Seite der Barriere. Ich öffnete die Augen und fand mich in einer noch nie erlebten Dunkelheit wieder. Dort war es so finster, dass ich die Hand nicht vor den Augen sehen konnte. Es war kalt, still und im Vergleich zum Dschungel sehr trocken.

In einiger Entfernung hörte ich plötzlich seltsame Klicklaute und ein tiefes Knurren, das sich etwas später in ein furchterregendes Brüllen verwandelte. Es klang bedrohlich und konnte sicher nicht von einem kleinen Tier stammen. Ein solches Brüllen wurde von massiven Stimmlippen in einem gewaltigen Kehlkopf erzeugt. Das hatte mich die Wissenschaft von der belebten Natur, eine weitere Leidenschaft von mir, gelehrt.

»Klick, klick, klick.«

»Verdammt, ich kann nichts sehen!«, flüsterte ich leise.

Die Geräusche kamen zügig näher und ich bekam Panik. Mein Puls raste und Adrenalin durchflutete meinen Körper. Meine Muskeln spannten sich an und ich war bereit für den Kampf. Doch zur Verteidigung hatte ich nichts, nur meine bloßen Hände, die inzwischen stärker zitterten, als es bei einem an Schüttellähmung Erkrankten der Fall war.

Aber das würde bei einem auf die Dunkelheit angepassten Raubtier nicht viel helfen, dachte ich mir, als ich mich daran erinnerte, dass es einige Raubtiere gab, die

Klicktöne ausstießen, um ihre Beute mittels Echoortung aufzuspüren. Plötzlich spürte ich einen warmen, feuchten Luftzug in meinem Genick. Etwas hechelte hinter mir und ich roch stinkenden Atem. Meine Nackenhaare stellten sich auf. Ich war nicht mehr allein. Etwas war bei mir. Eine noch nie zuvor gefühlte, lähmende Angst unterbrach meinen angeborenen Fluchtreflex und die Botenstoffe meines Gehirns überführten meinen Körper in den Zustand tonischer Immobilität. Unfähig, mich zu bewegen, wartete ich ab. Ich dachte an nichts, ich atmete nur.

Jetzt hat es mich. Gleich spüre ich, wie seine Fangzähne in das Fleisch meines Halses eindringen und meine Halswirbel zertrümmern. Der Todesbiss – dann bin ich nicht mehr. Hoffentlich muss ich nicht zu lange leiden.

Doch gerade in dem Moment, als ich meine neue Rolle als Beute akzeptiert und mich damit abgefunden hatte, wie ein Zebra in der Serengeti gefressen zu werden, polterte der Rest der Gruppe durch die Barriere und machte wie immer viel Radau. Die Klicklaute verstummten abrupt und meine Todesangst löste sich, offenbar hatten wir die Bestie verscheucht. Chakpaakat entfachte das Feuer einer Öllampe, und als die kleine Flamme am Docht zu wachsen begann, konnten wir langsam etwas sehen. Das Licht war nicht besonders hell, und es reichte auch nicht sehr weit, aber wir vermochten immerhin einige Details unserer Umgebung zu erkennen. Sofort versuchten wir herauszufinden, wo wir uns befanden. Ganz offensichtlich war es eine große Höhle, denn egal, wohin man blickte, sah man Wände aus massivem Stein. Die Wände waren mit mehr

Diamanten gespickt, als ein Mann in seinem Leben je hätte zählen können, und im Licht der Öllampe funkelten sie in den schönsten Farben. Nie zuvor hatte ich ein solches Naturwunder erleben dürfen. Ich war sprachlos und wie verzaubert durch diese anmutige Erscheinung.

Nach einem kleinen Moment der Ablenkung wandte ich mich Emily zu, um zu sehen, wie es ihr ging. Sie sah mich an und lächelte, offenbar konnte sie durch das trockene und kühlere Klima in der Höhle besser atmen als im Dschungel.

»Ihr habt den Eingang also tatsächlich gefunden!«, sagte sie mit schwacher Stimme.

»Ja, wir haben es geschafft, Emily, dank dir! Wie geht es dir?«

»Mir ist so kalt, Professor, ich möchte nur noch schlafen, einfach nur schlafen und mich ausruhen.«

»Du musst jetzt wach bleiben, Emily, ich stehe kurz vor dem Ziel, Hilfe ist nah!«

Ich machte mir Sorgen, dass sie es nicht schaffen würde. Ihre Arme und Beine waren sehr kalt und ihre Lippen bereits blau angelaufen. Sie war schwach und konnte kaum meinen Worten folgen.

»Das Leben verlässt den Körper deiner Freundin. Ich kann nicht mehr viel für sie tun«, sagte der Schamane.

Plötzlich rief Mextli ihm zu: »¡Estamos atrapados! No hay vuelta atrás.«

»Was sagt er?«, wollte Emily wissen.

Ich erklärte ihr, dass es offenbar keinen Weg zurück gab und wir in der Falle saßen. Offensichtlich war diese Barriere nur in eine Richtung passierbar, und an der Stelle, an der wir hineingegangen waren, führte kein Weg hinaus.

196

Dort gab es keine Barriere, nur eine massive Wand aus Granit. Für den Moment war dies jedoch mein geringstes Problem.

Langsam und vorsichtig erkundeten wir die Höhle. Es gab viele Abzweigungen und noch mehr kleine Kammern, die allesamt von dem langen und breiten Tunnel, auf dem wir uns befanden, abgingen. Nach ungefähr einer halben Stunde konnten wir in ungefähr fünfzig Metern Entfernung den Eingang zu einer Kammer erkennen, die mein Interesse weckte.

Wir sahen seltsam pulsierende Lichter in verschiedenen Farben, die von einem beruhigenden, gleichmäßigen Brummen begleitet wurden. Dieses Geräusch war so intensiv und durchdringend, dass man es nicht nur hören, sondern auch fühlen konnte.

Mir fuhr es regelrecht in den Magen und sorgte dort für ein unbeschreibliches elektrisierendes Gefühl. Diese fremdartigen Lichter machten etwas mit uns, wir wurden von ihnen angezogen wie intergalaktische Materie von einem Schwarzen Loch.

Als ich wenig später allein die Kammer betrat, traute ich meinen Augen kaum. Der kleine Raum war etwa sechs Meter lang, fünf Meter breit und knapp drei Meter hoch. Die Wände und die Decke waren so glatt wie Glas und fugenlos. Alles wirkte auf eine gewisse Weise unnatürlich. Das verwunderte auch nicht wirklich, weil natürliche Strukturen nirgends zu erkennen waren. Der Raum schien wie aus einem Stück gegossen, zudem war er auffällig sauber. Es gab weder Staub noch Spinnenweben. Nichts deutete darauf hin, dass jemals Menschen dort gewesen waren.

In der Mitte befand sich ein gewaltiger Quader aus purem Granit. Er musste mehrere Tonnen wiegen und war ungefähr zwei Meter breit, drei Meter lang und anderthalb Meter hoch. Auf der Oberseite waren drei künstlich angelegte Vertiefungen zu erkennen, in denen sich insgesamt drei Steine befanden: ein blauer, ein gelber und ein roter.

»Yippie! Yippie! Yeah!«, rief ich begeistert.

Ein Gefühl optimistischer Begeisterung machte sich in mir breit, denn mir war klar, dass ich die legendären Yucatán-Steine gefunden hatte. Ich war außer mir vor Freude, obwohl ich bereits ein großes Opfer hatte bringen müssen, um es bis zu diesem Ort zu schaffen. Weitere Fehler konnte und wollte ich mir daher nicht erlauben, also rief ich den Schamanen zu mir und wiederholte meinen Plan, den ich im Lager geschmiedet hatte: »Zuerst werde ich den Stein des Lebens nutzen, um Emily zu heilen, und direkt danach den Stein der Freundschaft, um dafür zu sorgen, dass sich Emily wieder an mich und unsere gemeinsame Freundschaft erinnert. Gleich ist es geschafft, dann ist alles wieder wie früher.«

Doch Tonatiuh dämpfte meinen Optimismus. »So funktioniert das leider nicht! Es darf nur die Zauberkraft eines einzigen Steines für einen Menschen genutzt werden. Du musst also eine Wahl treffen und dich entscheiden«, erklärte er.

»Das erzählst du mir jetzt? Ich brauche aber das eine, um das andere erreichen zu können. Dafür habe ich doch diese beschwerliche Reise auf mich genommen. Wie soll das funktionieren?«

»Dein Kopf kann diese Entscheidung nicht treffen, du

musst auf dein Herz hören«, antwortete der Schamane ruhig.

Ich konnte es kaum glauben. Von einer Sekunde zur anderen verwandelte sich mein Leben von einer ohnehin schon schlechten Slapstick-Komödie in einen absoluten Albtraum, aus dem es offenbar kein Entkommen gab. Die Situation war ernst: Ein Menschenleben – das Leben meiner besten Freundin – stand auf dem Spiel, und wenn das, was der Schamane gesagt hatte, richtig war, würde ich eine schwere Entscheidung treffen müssen. Was sollte ich nur tun?

Rette ich Emily das Leben, indem ich den Stein des Lebens einsetze, werde ich ihre Erinnerung nicht wiederherstellen können und unsere Freundschaft für immer verlieren. Wenn ich andererseits den Stein der Freundschaft einsetze, könnte sich Emily endlich wieder an mich und unsere gemeinsame Zeit erinnern. Allerdings wäre die Freude nur von kurzer Dauer, da Emily kurz darauf an ihrer Schusswunde sterben würde. Wie soll ich hier eine Entscheidung treffen? Ich will mich nicht zwischen qualvoller Traurigkeit und ewiger Verdammnis entscheiden müssen.

Nie hatte ich mir etwas sehnlicher gewünscht, als meine beste Freundin Emily zurückzubekommen, doch ich befand mich in einem Zwiespalt. Mein Verstand und mein Herz sagten mir völlig unterschiedliche Dinge. Den Stein der Freundschaft einzusetzen wäre schon verlockend. Zwar hätte ich die Gewissheit, Emily zu Grabe tragen zu müssen, aber ich hätte meine Freundin zurückbekommen, wenn auch nur für einen kurzen Moment. Dafür könnte ich sie aber wenigstens als solche in Erinnerung behalten.

Diese Option klingt zunächst unmenschlich, doch die Alternative ist kaum besser: Ich würde das Leben meiner Freundin retten, aber sie könnte sich nie wieder an mich und unsere Freundschaft erinnern. Welchen Wert hätte es für mich, das Leben einer Frau zu retten, für die ich ein fremder Mann bin?

Eine Sache war klar: Selbst wenn ich für Emily ein fremder Mann sein würde, wäre sie für mich niemals eine Fremde. Das durfte ich bei meiner Entscheidungsfindung nicht vergessen. Was sollte ich nur tun? Ich spürte, wie sich ein wenig Missgunst und Egoismus in mir breitmachten, als ich mit dem Gedanken spielte, den Stein des Lebens einzusetzen, um Emily vor dem sicheren Tod zu retten. Nach all den Beschwerlichkeiten und meinen intensiven Bemühungen sollte Emily die Einzige sein, die etwas gewann? Ich sollte tatsächlich mit leeren Händen nach Hause gehen? Dieser Gedanke gefiel mir nicht.

Zorn und Enttäuschung erfassten mich und begannen langsam, meinen Geist zu vergiften. Doch tief in mir spürte ich, dass ich diese Gefühle, auch wenn sie vielleicht natürlich waren, nicht zulassen durfte.

Als ich meine beste Freundin dort neben mir liegen sah, nahm ich erneut Anteil an ihrem Leid. Dieses arme Geschöpf krümmte sich vor Schmerzen und blickte dem Tod ins Gesicht. Dies mit anzusehen tat mir schrecklich weh, und ich konnte es nicht ertragen, darüber nachzudenken, wie sie sich gerade fühlen musste.

Die Tatsache, dass ich versucht war, mein Handeln von blankem Egoismus leiten zu lassen, ekelte mich an. Ich hasste mich dafür, hielt es aber trotzdem für legitim, auch an meine

Interessen zu denken. Die Situation war wirklich nicht einfach, und ich wusste nicht, ob es überhaupt eine Entscheidung gab, die auch ethisch vertretbar gewesen wäre.

Ich hatte meine Zweifel und sehr häufig waren Zweifel das tödlichste Gift für die Seele eines Menschen. Der Gedanke, meine Freundin Emily zurückzubekommen, war verlockend, auch wenn es nur für kurze Zeit wäre. Ich vermisste sie inzwischen so sehr, dass mir jedes Opfer dafür recht gewesen wäre.

Einige Tage Freundschaft zurückbekommen oder das Leben einer Frau retten, die mich nicht mehr erkennen würde und der ich nichts mehr bedeutete?

Die alles entscheidende Frage lautete somit: Freundschaft oder Leben? Ich musste mich entscheiden, und zwar schnell, denn Emily rang mit dem Tod! Also überwand ich meine Zweifel, fasste einen Entschluss und bat die Männer, Emily zu mir in die Kammer zu bringen. Vorsichtig trugen die Indios sie zu mir herein und legten sie behutsam neben mir und dem Schamanen auf dem Boden der Kammer ab. Ich nahm einen der Steine aus seiner Vertiefung, kniete mich hinunter zu Emily und forderte sie auf, den Stein zusammen mit mir zu berühren. Gemeinsam umklammerten wir den Stein und schauten uns in gespannter Erwartung und etwas ängstlich in die Augen. Doch nach ungefähr einer Minute spürte ich immer noch keine Veränderung, und Emily war kurz davor, erneut das Bewusstsein zu verlieren.

»Es passiert nichts! Machen wir etwas falsch?«, fragte ich den Schamanen.

»Hier sind magische Kräfte am Werk, die wir nicht verstehen, Professor. Den alten Überlieferungen nach reagieren die Steine nur, wenn sie erkennen, dass deine Gedanken frei von Selbstsucht sind und die Beschwörungsformel richtig und vollständig gesprochen wird.«

»Beschwörungsformel?«

Alle wichtigen Informationen erhielt ich vom Schamanen immer erst dann, wenn ich danach fragte. Das machte mich unsagbar wütend.

»Und woher sollen wir diese verdammte Beschwörungsformel nehmen? Warum hast du uns das nicht bereits im Dorf erzählt?«

In meiner Verzweiflung funkelte ich den Schamanen an und fragte mich, warum er uns geradewegs ins Verderben laufen ließ.

Tonatiuh hockte sich neben mich, legte die Hand auf meine Schulter und erklärte ruhig: »Diese Beschwörungsformel wird nur mündlich überliefert. Als einer der Ältesten kenne ich die magischen Worte und werde sie dir gern verraten: Du musst nur gemeinsam mit Emily den Stein berühren und dreimal laut die Worte ›Icnoyo Nekua Ihuika Nagua‹ aussprechen.«

Sogleich versuchte ich es erneut, nahm Emilys rechte Hand und gemeinsam berührten wir den Stein meiner Wahl. Dieses Mal war es anders. Als sich unsere Hände berührten, sah sie mir urplötzlich auf eine ganz besondere Weise in die Augen, fast so, als ob es keine weitere Gelegenheit mehr dazu geben würde. Nie zuvor hatte mich jemand mit einem solchen Blick angesehen. Ihre Augen strahlten nicht wie sonst voller Glückseligkeit und Schaffensfreude. Sie waren eher feucht und glasig, doch sie fokussierten mich genau. Ich erkannte große Furcht und endgültige Verzweiflung darin.

Doch als ich Emily zärtlich besorgt anlächelte und ihre Hand etwas fester drückte, um ihr zu signalisieren, dass ich sie nicht alleinlassen würde, klarte ihr Blick auf, und ich erkannte plötzlich Vertrauen, Versöhnlichkeit und Friedlichkeit in ihren Augen, die bald darauf anfingen, teilnahmslos durch mich hindurchzusehen. Das Ende war nah und wenige Augenblicke später verlor Emily bereits das Bewusstsein. Eine übermächtige Kraft zerrte mit einer siegesgewissen Vehemenz an Emilys Seele und versuchte beharrlich, die unsterbliche Substanz ihrer Existenz aus der hinübergehenden fleischlichen Hülle meiner Freundin herauszureißen und ich konnte sie nicht verteidigen. Eine solche Hilflosigkeit hatte ich noch nie zuvor gefühlt und eine aus der Verzweiflung heraus geborene grobe Wut ließ mich so kräftig die Fäuste ballen, dass meine Fingergelenke knackten. Die Götter zeigten mir, wie klein und unwichtig ich letzten Endes war.

Vielleicht hatte ich nicht die Macht, um über Leben und Tod zu entscheiden, doch ich hatte eine Mission und diese wollte ich erfüllen.

Und obwohl sich der Fährmann mit Sicherheit bereits auf das Fährgeld für Emilys Überfahrt in die Unterwelt freute, beschloss ich, bis zur letzten Sekunde um meine teure Freundin zu kämpfen. Angst hatte ich keine mehr. Satan in höchsteigener Person hätte versuchen können, sie zu holen, ich hätte sie ihm nicht kampflos überlassen. Es war noch nicht an der Zeit aufzugeben, also holte ich tief Luft und begann die Beschwörungsformel zu sprechen, dabei befolgte ich die Anweisungen des Schamanen sehr gewissenhaft und sprach die Worte, die er mir vorgegeben hatte, laut und deutlich nach: »Icnoyo Nekua Ihuika Nagua.«

»Icnoyo Nekua Ihuika Nagua.«
»Icnoyo Nekua Ihuika Nagua.«

Eigentlich hatte ich nie viel von solchen Beschwörungs-riten gehalten, sie teilweise sogar als Humbug abgetan. Aber bisher war ich auch noch nie durch magische Portale geschritten, deren Existenz ich nach den jüngsten Ereignissen nicht mehr abstreiten konnte. Somit stand ich nun auch übernatürlichen Dingen aufgeschlossen gegenüber und nachdem ich die Beschwörungsformel das dritte Mal ausgesprochen hatte, spürte ich tatsächlich etwas in mir. Die Empfindungen waren so stark, dass ich glaubte, das Bewusstsein zu verlieren. Irgendetwas schien alle in meinem Kopf abgespeicherten Erinnerungen an Emily abzurufen. Vor meinem geistigen Auge rasten die gemeinsamen Lebenserinnerungen vorbei wie Sternschnuppen am Nachthimmel und mit den Erinnerungen kamen auch alle Gefühle, die ich bei unseren gemeinsamen Momenten empfunden hatte, an die Oberfläche. Es war vergleichbar mit der Eruption eines Supervulkans, der unter dem großen Druck einer brodelnden und mit Emotionen gefüllten Magmakammer explodierte.

Ich fühlte die Schmerzen der Einsamkeit, der Ungewissheit und des Abschieds aus all den Jahren in komprimierter Form. Es war zu viel für mich und mein Magen begann sich zu verkrampfen. Ich konnte kaum noch atmen und mir schossen die Tränen in die Augen, obwohl ich nicht weinen wollte. Es fühlte sich so an, als ob etwas das limbische System in meinem Gehirn mit einer Schraubzwinge ausquetschte. Ich war emotional überwältigt, doch glücklicherweise folgten kurz darauf auch die schönen Erinnerungen, und ich erlebte erneut die positiven Gefühle, die aus den wunderschönsten Momenten mit Emily resultierten. Nur in diesem einen Moment kam mir meine Verdammnis tröstlich vor. Ich erinnerte mich wieder an die Zweisamkeit, Nähe, Wärme, Geborgenheit und Vertrautheit, die unsere Freundschaft zu allen Zeiten ausgemacht hatte. Das alles war mir immer sehr wichtig gewesen und die wechselseitig stark ausgeprägte Wertschätzung hatte unsere von Wohlwollen geprägte Freundesliebe komplettiert.

Doch irgendetwas stimmte nicht: Ein starker Widerstand in mir blockierte die Wirkung des Steins. Meine Seele bäumte sich auf und stemmte sich mit aller Kraft gegen diese fremde Macht, die versuchte, sich meiner zu bemächtigen.

Der Kampf zwischen meiner Seele und dieser außerirdischen Kraft fühlte sich an wie die periodischen Schwingungen der größten Wellen in den unruhigsten Ozeanen der Erde. Doch da war noch etwas anderes …

Durch diese geheimnisvolle Macht erkannte ich, was mir im Leben wirklich wichtig war und was ich für mich und meine beste Freundin Emily wollte. Ich war jetzt bereit, die richtige Entscheidung zu treffen, gleichwohl war ich nicht dazu bereit, unsere Freundschaft aufzugeben, und fragte mich, ob ich den richtigen Stein ausgewählt hatte.

Vielleicht war dies ein weiterer Teil der göttlichen Prüfung? In meinem Kopf hörte ich nämlich plötzlich eine weit entfernte männliche Stimme: »Wie mag er sich wohl entscheiden? Egoistisch und eigennützig, um zu bekommen, was er will? Lässt er Emily den Preis dafür zahlen, oder ignoriert er sein Bedürfnis nach ihrer Freundschaft, um ihr Leben zu retten? Lasst uns sehen, wie er sich entscheidet!«

Was war das für eine Stimme und zu wem sprach sie? Welches Wesen verbarg sich dort in dieser unendlichen Leere? Wollte mir diese gesichtslose Kreatur helfen oder mich vom richtigen Weg abbringen? Mir fehlte es an einer fundamentalen Wegweisung und das erste Mal in meinem Leben konnte mir die Wissenschaft weder Halt noch Sicherheit geben. Kurzerhand beschloss ich, meinem Herzen die Entscheidung zu überlassen, und tauschte den Stein in Sekundenbruchteilen noch einmal aus. Irgendetwas tief in meinem Unterbewusstsein befahl mir, das zu tun.

Emily und ich umklammerten den Stein meiner letzten Entscheidung, so fest wir konnten, und warteten schicksalsergeben darauf, dass etwas geschah.

Plötzlich begann der Stein zu glühen und wir verschmolzen auf eine kaum mit Worten beschreibbare Weise mit dem Geist des anderen. Es war so, als ob ich in ihren Gedanken und sie in meinen umherirrte. Mit einem Mal sahen wir alle Erinnerungen voneinander, und damit meine ich wirklich alle: sie die meinen und ich die ihren. Schönes, Schlimmes, Verrücktes, aber auch Erotisches. Eine unglaublich tiefe Intimität stellte sich ein. Ich genierte mich etwas vor Emily und hätte wetten können, dass es ihr nicht anders ging, denn einige der umherschwirrenden Erinnerungsfetzen enthielten ziemlich unanständige Szenen aus Emilys Schlafgemach im Oman.

Ich fühlte mich nackt, und obwohl ich mir immer wieder sagte, dass alles, was sie bei mir sehen würde, nur menschlich und natürlich war (abgesehen davon, dass ich im Winter häufig die anatomischen Vorteile meines Geschlechtsteils nutzte, um geometrische Figuren in den Schnee zu pinkeln), empfand ich eine tiefe Scham.

Wenige Augenblicke später wurde schlagartig alles dunkel und wir verloren das Bewusstsein.

Als ich wieder zu mir kam, sah ich, dass wir friedlich nebeneinander auf dem Rücken am Ufer eines großen Flusses an einem mir unbekannten Ort lagen. Das Rauschen des wilden Flusses war sehr laut. Flussdelfine spielten in der Strömung und vollführten mit scheinbar nicht enden wollender Motivation artistische Sprünge aus dem Wasser.

Das Wetter war traumhaft schön, der Himmel wolkenlos und die Strahlen der Sonne wärmten unsere unterkühlten Körper. Aus allen Richtungen hörte ich das beruhigende Gezwitscher der Vögel. Es war wunderschön. Ich war sichtlich benommen, beinahe so schlimm wie nach der letzten Feier unserer Studentenverbindung, bei der ich einige Becher Wermutschnaps zu viel intus gehabt hatte, und benötigte daher einige Minuten, um zu mir zu kommen.

Wieder halbwegs klar im Geiste, sah ich sofort nach Emily. Sie war noch bewusstlos und schlief tief und fest. Ihre Frisur war jedoch völlig zerzaust, und ich wusste, dass sie in diesem Zustand niemals unter Menschen gegangen wäre. Sie sollte sich aber nicht schämen, wenn sie wieder zu sich kam, daher strich ich mit meinem Zeigefinger durch ihre feinen, samtigen Haare und klemmte sie hinter ihre Ohren. Insgesamt brachte ich ihre Haarpracht wieder in eine vertretbare Form und entfernte zudem den groben Schmutz von ihrem ansonsten makellosen Gesicht, und als sie da so vor mir lag, friedlich wie ein Engel, wunderhübsch wie eine Prinzessin und schutzlos wie ein Hundewelpe, landete ein wunderschöner, filigraner Schmetterling direkt auf ihrer zierlichen Nasenspitze. Es war ein niedlicher Anblick, ich konnte mich kaum daran sattsehen, doch der hübsche Falter musste sie gekitzelt haben, denn sie begann zu schnaufen und ihre Nase zuckte unentwegt. Plötzlich wachte sie auf und erschrak, als sie mich sah.

»Wo bin ich? Was tun wir hier mitten im Urwald und wer sind Sie?«, fragte sie ängstlich.

Ganz offensichtlich war Emily nicht mehr verletzt. Es schien ihr gut zu gehen, und ich antwortete ihr mit tränenerstickter Stimme: »Ich bin Professor Oscar Brown von der Universität Cambridge und ich habe dich mit auf diese Expedition genommen. Erinnerst du dich denn nicht mehr daran?«

»Nein, leider nicht. Was haben wir denn hier im Urwald gemacht und was ist mit mir passiert?«

»Ich habe auf dieser Forschungsreise nach etwas gesucht, das ich jedoch nicht finden konnte. Du wurdest plötzlich schwer krank und hast das Bewusstsein und offenbar auch dein Erinnerungsvermögen verloren. Deshalb reisen wir auf dem schnellsten Weg zurück nach England, damit du dich von den Strapazen der Reise erholen kannst.«

Ich brachte zu diesem Zeitpunkt nicht den Mut auf, ihr die Wahrheit zu erzählen, und fragte mich, ob ich das überhaupt jemals tun sollte.

»Das klingt gut. Ich könnte ein warmes Bad und frische Kleidung gebrauchen, Herr Professor.«

Als ich erkannte, dass Emily wieder gesund war, sich aber nicht an mich und die letzten Geschehnisse erinnern konnte, wurde mir bewusst, dass die Geschichten der Yucatán-Steine tatsächlich auf wahren Begebenheiten beruhten. Es hatte, so unglaublich das auch war, funktioniert. Doch die Entscheidung, die ich in der Höhle getroffen hatte, begann nun mein Leben auf die prognostizierte Weise zu beeinflussen. Ich hatte meine beste Freundin Emily verloren, doch diese junge Frau, die einmal meine Freundin war, lebte und war wieder wohlauf. Wie wertvoll das war, sollte ich jedoch erst später erfahren.

Letztlich hatte ich mich also doch für den Stein des Lebens entschieden, wohl wissend, dass mir das in jedem Fall das Herz brechen würde. Doch nach reiflicher Überlegung war ich zu der Erkenntnis gelangt, dass mir das Leben meiner Freundin mehr bedeutete als unsere Freundschaft selbst. Mir war bewusst geworden, dass der Tod meiner Freundin oder der Tod unserer Freundschaft in letzter Konsequenz die gleiche Bedeutung für mich haben würden, also hatte ich die beste Entscheidung für Emily getroffen und in ihrem Sinne gehandelt.

Dabei steckte ich selbst zurück, aber mir war eine einseitige Freundschaft lieber, als Emily für immer zu verlieren. So würde ich mich weiterhin an dieser wundervollen Frau erfreuen können, auch wenn sie nie wissen würde, wer ich wirklich für sie gewesen war, wer ich für sie bin und wer ich immer für sie sein würde.

Um mich zu trösten, redete ich mir ein, dass echte Freundschaft nötigenfalls auch in einem Herzen allein weiterleben konnte. Das war nicht viel, doch es half ein wenig.

Auf dieser Reise hatte ich endgültig verloren, was mir wirklich wichtig war. Aber ich hatte auch gelernt, Entscheidungen zu treffen.

Bei meinem letzten und alles entscheidenden Handgriff

in der Höhle, war nur noch eine Sache wichtig: Zu Beginn unserer Freundschaft hatten Emily und ich uns versprochen, uns stets zu beschützen und Schaden von uns abzuwenden. Unabhängig von sämtlichen ethischen Grundsätzen war dies die oberste Direktive in unserer Freundschaft und ich wollte mich um jeden Preis an unser Versprechen halten. Dabei hatte ich sogar auch über den Tod hinausgeblickt und an die Möglichkeit eines Fortlebens nach dem Tode gedacht. Selbst für den Fall eines Wiedersehens nach unserem Ableben sollte Emily stolz auf mich sein. Auf keinen Fall hatte ich sie enttäuschen dürfen.

Und es hätte wirklich schlimmer kommen können, aber als ich sah, wie Emily auf dem sandigen Uferstreifen dieses gewaltigen Flusses lag, verträumt mit geschlossenen Augen in Richtung Sonne blickte und ihre warmen Strahlen genoss, wurde mir klar, dass ich vieles richtig gemacht hatte. Meine beste Freundin lebte und erfreute sich bester Gesundheit.

Doch je länger ich sie ansah, desto stärker tauchte ich ein in den Strudel aus Erinnerungen an unsere gemeinsame Vergangenheit und die Sehnsucht nach unserer Freundschaft begann in mir zu schmerzen. Ich realisierte langsam, dass ich meine Freundin unwiederbringlich verloren hatte. Unweigerlich musste ich Abschied nehmen und fühlte mich wie auf einer Beerdigung, nur mit dem Unterschied, dass der Körper der für mich gestorbenen Person noch lebte und auch nicht beigesetzt wurde. Um mich abzulenken, schloss ich die Augen und schwelgte in den schönen Erinnerungen an unsere gemeinsame Zeit. Das linderte den Schmerz und so fand ich etwas Ruhe.

Wir verschnauften noch einige Stunden und machten uns dann auf den mühsamen Weg zurück nach England. Glücklicherweise wurden wir von den Steinen in die Nähe einer größeren Siedlung teleportiert. So kamen wir zügig zum nächsten Seehafen und fuhren mit dem nächsten Schiff zurück in die Heimat.

Einige Monate nach unserer Rückkehr saß ich an einem traumhaft schönen Tag im Da Vincenzo, Emilys und meinem italienischen Lieblingsbistro in Cambridge. Wie immer bestellte ich Rinder-Carpaccio mit meinen üblichen Sonderwünschen und als ich mich gerade der Tageszeitung widmen wollte, sah ich im Augenwinkel, wie am benachbarten Tisch eine bezaubernde junge Frau Platz nahm. Ich blickte auf und erkannte die bildhübsche Frau sofort: Es war Emily!

Plötzlich spürte ich eine leichte Unsicherheit und fragte mich, ob sie mich überhaupt gesehen und wiedererkannt hatte, denn das Restaurant war voller Menschen. Ich ging zunächst nicht davon aus, dass sie mich bemerkt hatte, also beschloss ich, sie unaufdringlich, aber aufmerksam zu beobachten. So konnte ich überlegen, was ich tun sollte.

Als ich wenig später endlich mein Carpaccio bekam, hatte der neue Kellner, der mich noch nicht kannte, tatsächlich die Kapern und den grünen Spargel vergessen. Ich sagte jedoch nichts, weil es mir schon immer unangenehm gewesen war, mich in einem Restaurant zu beschweren.

In diesem Moment sah Emily zufällig zu mir herüber, schaute mich an, blickte danach auf meinen Teller und sagte zu dem Kellner ganz souverän: »Bei dem Herrn fehlen die Kapern und der grüne Spargel!«

Was hat sie da gerade gesagt?

Völlig schockiert sah ich Emily an, rang nach Luft und brachte kein Wort heraus. Das hatte ich nicht erwartet.

»Sie schauen drein, als ob Sie ein Gespenst gesehen hätten, Herr Professor«, meinte Emily. Dabei fuhr sie sich mit den Fingern durch die Haare und zwinkerte mir zu.

Emily erinnerte sich plötzlich an Details aus unserer Vergangenheit? Das konnte nicht sein! Oder etwa doch? Ich ging sofort in die Offensive und fragte sie, ob ich ihr Gesellschaft leisten dürfte.

Sie willigte ein und wir aßen gemeinsam zu Mittag. Es war schön, und mein Körper fühlte sich auf einmal wieder lebendig an, ganz so wie früher. Ich spürte ein Hochgefühl und eine intensive Aufbruchstimmung, so als hätte ich am Morgen den ersten Kaffee nach dem Aufstehen getrunken.

Nachdem ich für uns KÄSEKUCHEN VINCENZO zum Dessert bestellt hatte und Emily das erste kleine Stückchen davon mit geschlossenen Augen genoss, sagte sie zu mir: »Irgendwie fühle ich eine tiefe Vertrautheit in Ihrer Nähe, Herr Professor. Beinah so, als würden wir uns schon eine Ewigkeit kennen.«

Ich war überglücklich, lächelte wie ein Honigkuchenpferd und fixierte Emily mit einem ungläubigen Blick. Bevor es jedoch zu gruselig wurde, erwiderte ich: »Ich fühle das Gleiche, Emily, und bitte nenn mich Oscar!«

Es schien so, als ob Emilys Erinnerungen langsam zurückkehrten. Ich hätte kaum glücklicher sein können.

Offenbar schützte die Amnesie paradoxerweise Emilys tiefste Erinnerungen vor dem Einfluss des Yucatán-Steins und ihr Gehirn regenerierte sich auf normale Weise.

Doch bei mir hatte das Erlebte Spuren hinterlassen. Dinge, die ich nicht mehr vergessen konnte. Ich hatte häufig Angstträume, sah Schreckgespenster und wachte regelmäßig schweißgebadet auf. Ohne starke Schlafmittel konnte ich kaum einschlafen.

Daher hatte mich das Telegramm, das ich einige Tage nach unserer Rückkehr nach England von Professor Henderson erhalten hatte, auch mit tiefer Genugtuung erfüllt. Jake Murphy, der Schatzjäger und Beinahe-Mörder von Emily, hatte es nicht mehr lebend aus dem Urwald herausgeschafft. Soldaten der Légion étrangère hatten ihn beziehungsweise das, was von ihm noch übrig gewesen war, am Rande einer kleinen Indio-Siedlung entdeckt, nicht weit entfernt vom Eingang zur Höhle, wo wir die Yucatán-Steine gefunden hatten.

Offenbar war er es gewesen, der uns damals beobachtet hatte, als wir diese Lichtung untersuchten. Meine Intuition hatte mich also nicht getäuscht, denn als ich auf dieser Waldlichtung gestanden hatte, hatte ich nämlich das untrügliche Gefühl gehabt, dass wir beobachtet wurden.

Den Berichten einiger Stammeskrieger zufolge hatte Jake Murphy, nachdem wir damals plötzlich verschwunden waren, ein längeres Bad in einem nahegelegenen Tümpel genommen. Dort war er dann von tausenden Blutwürmern befallen worden, die sich in diesem Wasserloch unter idealen Bedingungen sehr stark vermehren konnten. Er wurde bei lebendigem Leibe von innen zerfressen. Ein langsamer und qualvoller Tod, sagten die Eingeborenen. Die Parasiten ernährten sich von seinem Fleisch und Blut.

Als die Soldaten Murphy fanden, war seine Leiche

übersät mit blutigen und eitrigen Furunkeln, aus denen Maden herauskrochen.

Ich hatte mich noch nie am Leid anderer Menschen erfreuen können, doch dieses Telegramm hatte ich sogar zweimal gelesen und konnte nicht verhehlen, dass ich jedes einzelne Wort ausgesprochen genossen hatte.

Das war vielleicht nicht christlich, aber nach meinem Dafürhalten hatten nur die Geschöpfe Gottes einen Anspruch auf Nächstenliebe und Jake Murphy gehörte ganz sicher nicht dazu. Überzeugt, dass unser Schöpfer das auch so sah, hatte ich keinerlei schlechtes Gewissen verspürt.

Nach zwei weiteren Jahren kehrten Emilys Erinnerungen vollständig zurück und wir ließen unsere Freundschaft wieder aufleben, die sogar noch stärker und intensiver wurde, als sie es damals gewesen war.

Es dauerte eine Weile, bis ich begriffen hatte, dass sich am Ende alles zum Guten gewandt hatte, und da realisierte ich, dass ich nicht mit einer Lüge sterben musste. Dennoch dachte ich oft darüber nach, was passiert wäre, wenn ich meinen egoistischen Trieben nachgegeben hätte. Eine Zeit lang war ich allein auf meinen eigenen Vorteil bedacht gewesen und hatte sogar schwerwiegende Konsequenzen für Emily in Kauf genommen, nur um zu bekommen, was ich wollte. Das war falsch gewesen und hatte eigentlich nicht meiner Natur entsprochen.

Hätte ich den Stein der Freundschaft gewählt, dann hätte ich sicherlich für einen kurzen Moment bekommen, wonach ich gesucht hatte. Doch schon kurze Zeit später hätte ich alles verloren, was für mich die Welt bedeutete: meine beste Freundin und die beste Freundschaft meines

Lebens. In der Folge wäre mein Herz auf ewig zu Stein erstarrt.

Und da begriff ich: Der wahre Reichtum wohnte in unseren Köpfen und Herzen. Das Äußere besaß keinen Wert.

ENDE

»Verschiebe nicht zu viel in die Zukunft, denn sie ist ungewiss. Lebe dein Leben! Vielleicht ist morgen schon dein letzter Tag auf Erden!«